Things That Are

Amy Leach

世间万物

与植物、星辰、动物的相遇

Things That Are

[美] 艾米·里奇 著 徐楠 译

Amy Leach

南京大学出版社

献给马修

世间万物，皆离非事非物等距。

——约翰·邓恩[1]

我无比乐意地想：如果我感受到的快乐，是他们一无所知的，那带给他们快乐的地方，也可能是我无法进入的。

——约翰·济慈谈土风舞者[2]

---

[1] 约翰·邓恩（John Donne, 1572—1631），17世纪英国玄学派诗人、教士，T.S.艾略特尤为推崇。引文参见 John Donne, *The Works of John Donne*, Vol. 1. London: John W. Parker, 1839, p.415。此为译注。书中脚注如无特殊说明，皆为译注。
[2] 参见 John Keats, *The Letters of John Keats: Volume 1, 1814-1818*. Cambridge: Cambridge University Press, 2012, p.307。

目 录

赛驴大会 · 001

I 地上的事物

特拉普派 · 007

河流携三种定居生物逃之夭夭 · 009

山羊与过去的山羊 · 020

天赋 · 030

林莺之乐 · 038

豌豆狂热症 · 045

美味森林里的激进熊 · 054

与难同行 · 063

傻瓜莲花 · 070

惊奇之酒 · 082

当树渴望成为树·087

爱·090

请不要对海参大喊大叫·108

你将要起飞·119

上帝·128

致动物·132

II 天上的事物

旧日欢愉·139

游猎·145

阶梯·156

起航吧，我的小蜜蜂·159

一闪一闪·171

狂野的某某·180

盖破·193

神使·196

附 录

后记：圆形地球事件 · 203
致谢 · 210

赛驴大会

通常我们只需造一艘船,找一位女士赞助,招揽一帮粗人当船员,再戴上一顶耀眼夺目的头盔,就可以开始一趟征服之旅了。凭这四个简单的步骤,我们已经征服遥远的陆地、海洋、卫星和分子。然而即便是几千年后的现在,我们也未曾有幸征服明天。我们一次又一次地扬帆起航、追逐明天,却只能赶上明天的前情预告。这种循环反复的失望,就像发现自己永远走不出西班牙一样。[1]

也许对于某些事物来说,征服它们的唯一办法就是消灭它们。只要地球不再转动,就没有明天来烦扰我们,只

---

[1] 地理大发现时期,克里斯托弗·哥伦布(Christopher Columbus)发现美洲新大陆的航海探险之旅是从西班牙出发,由伊莎贝拉女王(Queen Isabella)资助的。

会有今天和今晚，像秘鲁[1]一样一动不动，被清楚地标记在地图册上。我们可以在这些地方开发殖民地，在它们之间来去自由。白昼和黑夜不会碰到我们，只有我们偶遇它们的份儿。

那么你要如何让某个东西停止旋转呢？想让一个转经筒停下来，你可以把它从僧人手中拿走。一旦他不再一圈一圈扭动手腕，转经筒就会慢慢停下了。但假如地球是一个转经筒的话，那我们就是粘在上面的微型咒文。除了向僧人大喊，请他停止转动，不要带来所有那些未知的明天之外，我们还能怎么办？

不过我们不光有大喊大叫的兴致、帝国主义的兴致，也有猜谜的兴致。即使我们有着辉煌的征服史，仍会有些东西是我们在地图册上找不到的，比如明天、雨水、神灵，还有驴子。这就是打赌有意思的地方了——越未知越好。在肯塔基赛驴大会上给野驴下赌注，比赌纯种马还有意思：这些来自盐沼的野生驴可不遵循那些"前期速度适中"或"战略性步速"甚或"向前直进"的老旧传统。赛

---

[1] 南美洲国家，哥伦布发现的新大陆之一。

航海出行,英国皇家海军舰队"挑战者"号(HMS Challenger) 1872—1876年进行海洋探险。威廉·弗雷德里克·米歇尔(William Frederick Mitchell)绘制

驴大会只有一连串的意外,从头至尾。跟神灵打赌更有意思,感觉就像给塞隆尼斯·蒙克[1]的十根手指下注——接下来哪根手指会弹哪个键!

今晚——明天的最新前情提要——星光熠熠,而我无心征服。来跟我一起错过那艘船吧,来跟我一起玩些猜谜游戏。我们将大声念出北极光那难以辨认的电绿色手迹;我们将推测哪一颗星会在一万年后变成超新星。然后我们将聆听一段《恢复正常》,我会押他左手的大拇指,你也随便选一根。用从彼此那里赢来的疯狂货币,我为你买一阵雨,你给我买一场雪,我们一起向着阳光,向着绿地,向着三叶草,还有美味的多刺蓟。

---

[1] 塞隆尼斯·蒙克(Thelonious Monk,1917—1982),美国爵士乐作曲家、钢琴家。下文所提的《恢复正常》("Epistrophy")是其代表作品之一。

I
地上的事物

特拉普派[1]

"我是个特拉普派,像树木那样的。"百合这么想着,让风吹着,却一言不发。"我是个特拉普派,像百合那样的。"溪流这么想着,让珍珠般的橙色鱼群充盈他,却拒绝与他们对话。"我们是特拉普派,像溪流那样的。"雨滴这么想着,用新鲜的云之水填满池塘,或者跟跌落在地上的樱桃的汁水混在一起,又或休憩于泥土深处,无论在哪里都忘了做自我介绍。"我是个特拉普派,像雨水那样的。"树木这么想着,寡言的雨水顺着她温暖的松针坠入大地,被淋湿的鸟儿归巢,而她沉默不语。"我是个特拉普派,像树木那样的。"那个特拉普派的修士这么想着,他走进森林,让百合、溪流、鱼群和雨水打动他,却缄口无言。

---

[1] 特拉普派(Trappist),天主教西多会中一个强调缄口苦修的派别,特拉普派修士仅在必要时才说话。

青蛙与百合，出自 16 世纪欧洲古书《了不起的书法古迹》(*Mira Calligraphiae Monumenta*, 1561—1596)。拉丁文由乔治·博考斯基（Georg Bocskay）书写，彩色插图由约里斯·霍菲格尔（Joris Hoefnagel）绘制

河流携三种定居生物逃之夭夭

17世纪的时候,教皇陛下宣布河狸属于鱼类。[1]现在看来,这在动物学意义上是个不合理的判定。不过河狸没有为自己变成鱼这件事发什么脾气。他们决定不屈从于这个新属性:不做完美的鱼,不做教科书上的鱼。反之,他们要做稀奇古怪的鱼,做其他鱼从来没有做过的事:生下毛茸茸的宝宝,呼吸空气,在水下自行修建宽敞的圆锥形堡垒。如果马克西米利安亲王[2]沿着密苏里河逆流而上时,

---

[1] 当时,北美土著人喜食河狸肉,但他们大批皈依基督教后,因大斋节戒律,无法在星期五食用哺乳类动物肉,所以教廷以河狸也会游泳为由宣判其为鱼类。

[2] 马克西米利安亲王(Prince Maximilian,1782—1867),德国探险家、民族学家、自然学家,1832年游历于北美洲密苏里河,记录了沿岸土著居民和其他游牧民族的文化、生活。

考虑将他们重新归类为德鲁伊[1]或火烈鸟,那河狸会是有着大门牙的德鲁伊,或棕色发胖且勤劳的火烈鸟。

河狸对教皇这一重命名决定的反应,突显了他们的两种特质:随和友善,坚定不屈。他们随和友善地坚定不屈。他们住在湿冷的水中,却在那油光水滑的皮草大衣的保护下,身体温暖而干燥。如果他们被看作鱼类,那他们回应的方式是,成为会伐木的鱼类。门牙国的他们可不是哪位教皇的傀儡,也不是哪条河流的奴隶。河狸居住的那条河流无法跟河狸达成共识,河流要奔腾而去,而河狸只想在某个地方繁衍生息。比河狸顽固一点的动物,会心怀怒气地在森林里用树枝搭一座棚屋;没河狸那么顽固的动物,会被河流冲走、打散,最后制作成纪念品。

月亮也会装点河水,而且不会浮动得站不住脚,但这不费它半点力气,河狸却不得不像起重机那样努力。对河狸来说,要在到处游荡的河水中为自己准备一座宅邸,意味着持续不断的麻烦,他们除了短胳膊和长牙齿,没有

---

[1] 德鲁伊(Druid),古代凯尔特人中一批担任祭司、教师和法官等职位的有学识的人。

其他东西可供支配。他们整夜地咀嚼、拖曳、搬移那些原木，除非有狼獾或人类来访。当这些喜欢争辩的生物出现时，河狸会从水下隧道游到他们的小木屋，爬上去，藏起来。他们可不爱吵架。

河狸宝宝刚出生时是不能下水或游泳的。如果他们一不小心从隧道滑进水中，会像气鼓鼓的迷你浮筒。不过几个小时之后，他们就会游泳了：前爪举高到下巴的地方，用鸭子一样大的巨大后脚掌划水。等到五月，喝了一个月厚厚的黄油般的乳汁后，亮棕色的宝宝们就开始工作了，带着他们的小树枝游到水坝，帮忙修修补补。

在那之后，他们便一直不停地工作，除非他们之中有谁，在河狸统治派施行的周期性种群数量控制中，不巧被表决为多余的河狸。即使是最大度的动物也无法忍受与那么多同类共处一个池塘。被驱逐的河狸就得自己窝在污水坑，像只鼹鼠[1]似的，还有时间陷入沉思；而不再像他的表亲和兄弟们，甚至他的祖母辈们，每年要啃掉四百棵

---

[1] 无视力的小型动物，自得其乐地住在泥土里，英文里也写作mole，可能跟底鳉（mummichog）是邻居。——原书注

树：在树干倒下时飞奔而逃，再拖着脚回去把木材从草地上拽走，争着要杨木、桦木甚至钢琴凳——只要是木头的就行；挖造运送原木的引水槽，制定滚动木材的路径，让树木顺流而下，然后把它们一起推进水坝里，使水坝每过一夜都变得更宽、更高，越来越高，出现漏水的缝隙时还要修补它；堆建起一座大齿杨做的房子，抱着抹墙用的泥石子沿着河岸慢慢走，在某头熊进行过屋顶捣乱后修补屋顶；往水下塞樱桃树，这样一月份举办豆宴[1]时，储藏室里就有了丰盛的食材，那时，水塘上覆盖的冰面得有两英尺厚了。

凭借他们的重组能力，河狸简要翻演了创世的过程：把水汇集到一处，再在另一处砌起干土墩。事实上，创世的时候他们可能真的在那儿，做着小精灵助手，帮忙把

---

[1] 原文为 Feast of the Bean-King，在这个仲冬时节的宴会上，每个人都在一夜之间变得能有多胖就有多胖，能有多傻就有多傻，其中一个幸运儿会在他那块蛋糕里吃到一粒豆子。——原书注[多简写为 bean feast 或 beano，尤指雇主一年一度招待雇工的宴会。其来源为基督教主显节前夕（Twelfth Night）的宴会，宴会上，人们会分食藏有一颗豆子的国王饼（king cake），吃到豆子的人就会幸运地成为国王（bean-king）。——译注]

风景添加到乱七八糟的东西上,为地上走的堆起陆地,为水里游的围起水域。要是没有河狸来分配的话,这个世界得多像一块湿漉漉、软塌塌的海绵啊!除了狸藻和泥鳅之外,我们还能吸引什么样的住户呀!

但就算是河狸设计了地貌,他们仍然受其支配。河流的赞助人冰川会灾难式地融化,冲垮河狸的水坝。而在他们能够动员起壁垒修理队之前,河狸居民就会被撵进海里,像受到惊吓的胖鱼一样。虽然章鱼在海里是如鱼得水,但河狸和仙人掌,还有铅笔制造者们可不行。河狸到了海里,大海一定会折磨他们,让他们精神错乱,因为水声会激发他们啃咬的本能反应。一旦他们听到溪流咕噜咕噜涌出的声音,河狸就会迅速跑到最近的树木绕着树干一圈圈地凿,这样它们就会砰地倒下,然后河狸便能把树木塞进喋喋不休的河水中,勒住它的脖子让它安静。但海洋是一大片的喋喋不休,世界上所有森林加起来,也没有足够的树木能捂住它那唰唰、哗哗、汩汩、哇啦哇啦、絮絮叨叨的浪涛声。

当鲑鱼到了晚年,在海里活了很久很久,成了老水手的时候,他们决定回到河流上游,回到他们出生的地方,那里有一种特别的蘑菇百合香味。他们是一路闻着过去的。如果没有蘑菇和百合,用牛奶麦粥和瑞典香料酒还有满嘴啤酒气的半人马[1]来代替,那鲑鱼还怎么能认出他们的出生地呢?他们会在奋力向前时刚好错过,游上一条支流,最终抵达河流源头的小小开关,那里渗出的水都结了冰。

新郎和新娘们花了好几个星期,千辛万苦地游过九百英里的红毯来到蘑菇礼坛。一到那里,他们便把原料存放到河底的石子下面,就是那种凝结在一起之后会产下七千颗黑眼睛似的卵的原料。当这些漂亮的小鱼从卵中孵出,自己在石子里挖掘开凿后,就躲在缝隙中吸食遗赠给他们的卵黄。这些遗产被吃光后,他们便各就各位,张大着嘴巴游来游去,吞下漂过的甲壳类动物[2]。鱼类没有遗传到能钩住河床的小锚,他们使劲挥动双鳍来抵抗水流,摆出不重样的泳姿,每一种都在说"不"。这感觉可能就像在一

---

[1] 半人半马,擅长箭术。和其他人一样,半人马也擅长散发他们独特的气味。——原书注
[2] 如虾、蟹等。

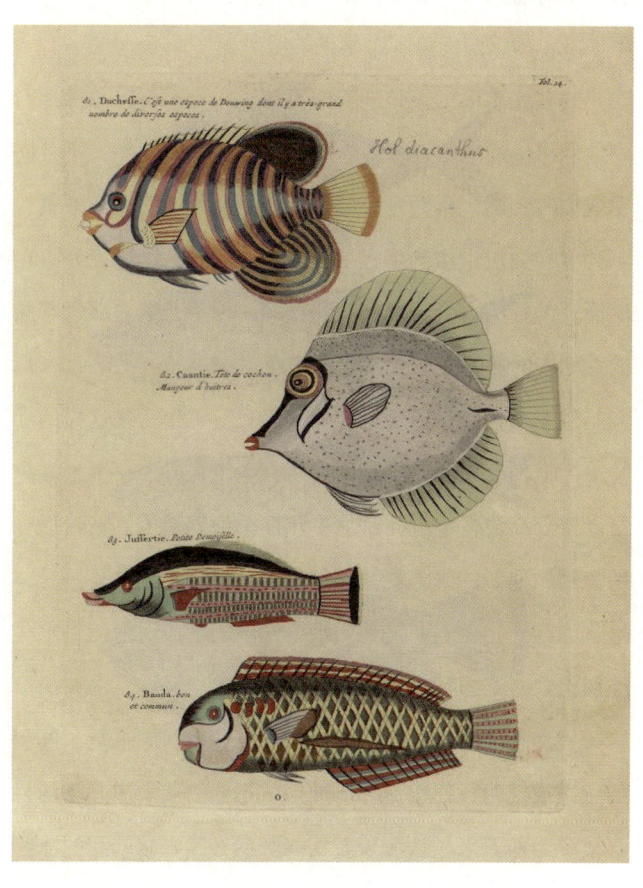

色彩缤纷、超现实的鱼类插图,路易斯·勒纳(Louis Renard)绘

列向东的蒸汽火车上维持不变的经度,或者像在不停地被苹果砸,却试图保持零个苹果的纪录。

这些张着嘴的小鱼逆着河流游了一年半载,每次都回到他们出生的地方,练习着所有的流体动力技能:不会向左或向右转圈,不会一会儿头朝上一会儿尾朝上地颠簸,不会像在涌流中做侧手翻那样滚向一边——这种无处不在的涌流的影响力会让所有生物颠簸、偏荡,从它那弯弯曲曲吞咽着的喉咙滚下去,化成碎片。

鲑鱼苗们就像河狸一样作为异见分子生活在这样的环境中。他们也不屈不挠地努力待在一个地方——不是靠为自己筹划高级住宅,而是靠一年四季地划动他们精致透亮的鱼鳍。他们的倔强就是他们的锚。你会想,月复一月,锚就固定了,"不"是他们唯一知道的字,而他们将永久地纠正着河流的航向。

然而他们抵抗的意志也受到了某些东西的抵抗。鲑鱼的意志被推翻,任水流扑向他们:把他们从水泡翻腾的岩石楼梯上冲下来,从覆盖着铁线蕨的玄武岩峭壁间的冰蓝色沙漏里推出去,甩到一道道槽纹的泥淖中,那里还有被丢弃的和平烟斗[1]和领带夹针;让他们在毛茸茸湿漉漉的枫树和湿漉漉毛茸茸的紫杉底下流动,这些树木四仰八叉地倒在水里;被倾倒在浅石滩上,磨磨蹭蹭地绕过潺湲的弯道和岔路,经过岸边黄色的沟酸浆和低矮的豆瓣菜田;最后将他们存放到非常壮观[2]的章鱼栖息地。

六月份的时候,在门廊那里,有时,会有一个女孩弹奏起她的班卓琴[3]。片刻的静止后,当声音从路人耳朵的褶痕传入最深处的感知腔室后,他们开始随音乐起舞。他们像蹦蹦床上的木偶一样颠来倒去,像从船上落水的男孩一样扑腾,像风中的野草一样摇摆着。他们跳着房子,跳着

---

[1] 和平烟斗(peace pipe),北美印第安人在重要场合使用的长管烟斗,是和平的象征。
[2] 原文为vasty(有别于"vast"这个词),跟"biggy""hugey"和"giganticky"的意思差不多。要是有谁说这些词不是词,别听他的,所有的词都是词。——原书注("vast""big""huge"和"gigantic"的意思都是"巨大的",作者在这些词后又加上了形容词后缀"-y",实际上确实不存在"biggy""hugey"和"giganticky"这三个词,而"vasty"这个词是有的,多见于古英语和诗歌。——译注)
[3] 班卓琴(banjo),上部形似吉他、下部形似铃鼓的乐器。

怪异的萨尔塔列洛舞[1],发现他们体内的弹簧还没完全生锈。

因为即便你在心中建起雄伟的大齿杨堡垒,收割全部的森林来把那些大风大浪变成幽静宜居的私家水塘,即便你一直划动着灵巧的鱼鳍来抵抗那疯狂翻滚的涌流,音乐还是会溶解你的锚、你的庇护所,让你站不住脚地漂起来,随它而去。然后你就成了流浪者,你变得狂热,你会是音乐的玩物:在它喧闹的急流里上上下下,在它冒泡的玩笑中推推搡搡,呈现它那或亮蓝或草绿或暗棕的色彩;被拉到挽歌般的水底,湿透的阴郁阳光照亮了那里轰轰隆隆、噼里啪啦作响的石头;歪歪扭扭地回到水面,身边还有紫衫树叶、啤酒店女老板、青蛙的骨头,以及其他被水流抢来或笑纳的乱七八糟、奇奇怪怪的战利品;在蜿蜒的华彩乐章上走走停停,眼前是千变万化的景象——岸边满脸雀斑的孩子、小鸡合唱团、酝酿着的雷雨云、栖息在野生西芹上的六月鳃金龟子——直到它把你冲到某个地方,那里的景象将颠覆你此前对奇特空间的所有认知。

---

[1] 萨尔塔列洛舞(saltarello),一种流行于意大利、西班牙的轻快舞蹈。

BABY SALMON GROW RAPIDLY AFTER RUNNING DOWN TO THE FOOD-FILLED SEA

Surviving smolts of all species migrate to salt water after spending from a few months to three years in the rivers or lakes. In contrast to the chinook and silver species, which provide excellent sport when hooked on a troll, the **Chum Salmon** is rarely taken by rod and line. Upon entering fresh water, the male salmon develops a hooked upper jaw.

鲑鱼，出自《鱼书》（*The Book of Fishes*, 1939）

山羊与过去的山羊

很遗憾,声波是会衰减的。如果不是这样,我们就仍然能够听到美索梅德斯[1]谱写的旋律,克吕尼的俄多[2]演奏他的轮擦提琴[3]。我们会听见已经绝迹的剑齿兽[4],史前时期戴着陶铃的马,死气沉沉的蝙蝠嚼着嘎嘣脆的苍蝇。我们还能听见过去的山羊——古老的英国产乳羊,巴珊[5]待宰

---

[1] 全名为Mesomedes of Crete,罗马时代的希腊抒情诗人、作曲家。
[2] 克吕尼的俄多(Odo of Cluny,约878—942),法国克吕尼修道院第二任院长。
[3] 轮擦提琴(organistrum),手摇风琴(hurdy-gurdy)的早期形式。
[4] 如果有什么东西的构造是坚不可摧的,那就是剑齿兽了,他们壮硕、结实、顽强。但是风滚草(tumbleweed)比这还要厉害,卡车该好好想想了。——原书注(风滚草是一种生长于北美等沙漠地带的杂草,干枯后会像球一样随风滚动,被认为是有害的入侵物种,但因为多刺且占地较大,用卡车拖走效率很低。——译注)
[5] 巴珊(Bashan),巴勒斯坦东部古国,位于现在的叙利亚境内。

的小肥羊，缺水的孔雀山羊，芬兰羊咩咩地叫着他们的孩子，瑞典小羊哭着要妈妈，还有被迫住进巴黎植物园的野生山羊嘶哑着对此表示抗议。这样的世界充满着过去的声音，就像天空一样，充满着过去的光芒。[1]这个世界也会像脑海一样，无所谓曾经。

但是，使声音变得可能的物质——空气——也会让它消失。在没有回声的环境里，人们只能去猜想那被割裂的过去，比如，猜想匈牙利改良山羊的前身。匈牙利的未改良山羊是什么样呢？可能就像任何一种没被改良过的山羊一样——糟糕又差劲，羊毛里缠着夏至草、三叶草种子，还有其他毛病，总想着用他们的角互相戳刺。没收山羊的犄角能让他们更容易相处些，但是没有了犄角，整头羊都会像被没收一样。而且除了晕厥山羊之外，大多数山羊都不是很好的行窃对象。

晕厥山羊总是一群羊中的特殊存在。当羊群听到风吹草动，或尖锐刺耳，或大呼小叫的声音，晕厥山羊会一下子跑走，然后僵住，接着像倒放的椅子一样倒下。这不是

---

[1] 因距离遥远，星体发出的光要经过一定时间才能到达地球。

新生儿松软综合征[1]，也不是蹒跚病——这些会伴有眼盲和脊柱碎裂。晕厥山羊只会晕倒几秒钟，肌肉僵硬地一动不动，意识却完全清醒，像吓坏了的小雕像。所以，当一匹草原狼从一块大石头后面冲出来时，晕厥山羊便静止不动，唾手可得了，其他胆小鬼则趁机跟跟跄跄地逃走。

事物太变幻莫测了。此刻还灵活柔软，下一刻就变得像石头。此刻梯牧草甸上的那只山羊正用轻盈而有魔力的下肢——随时可以实现她最顽皮的愿望的下肢，站立着。然后她听到一声低吼，或者是树枝断裂的声音，灵敏的四肢就变成了铁火钳，倒在地上一动不动。海蟾蜍跳到她身上，多刺蓟摇头晃脑，柳条随风摆动，大夜蛾从她身边飞过。山羊啊，没有了魔力的四肢，你的愿望要怎么实现？还是做绵羊好一点。

有时却是做山羊更好。当摩洛哥的草地渐渐枯萎，绵羊会傻乎乎地一直往前走，摇摇晃晃，想法浮于表面。"没有草了……没有草了。"但山羊会往上看，他们开始

---

[1] 有些山羊活得太久了，久到他们对苔藓、豆子和亮晶晶的雨夹雪失去兴趣，而有些不会这样。——原书注

爬树。即便有十五只羊在它扭曲多节的臂弯里把枝头的果实当午餐,摩洛哥坚果树还是很可靠的,因为它的树根牢牢抓紧了泥土深处。它们不会等着幸运从天而降:当天空干涸,树木便探寻大地,将它的根深深刺入,直到发现埋藏于地底的雨水——呆呆地躺在地表的青草做梦也想不到的盆缘石灰岩水池。坚果树喝呀,喝呀,草地等啊,等啊。草地等待雨水,就像绵羊等待草地。

同为毛茸茸的物种,山羊比绵羊稍微普遍一点。16世纪的时候,航海探险家们带着山羊环游世界,把他们播种到各种各样的岛屿上。他们没有散布绵羊是明智的,绵羊会成为不幸的先驱者,或特化物种[1]——仅仅在热带岛屿待上一周,只吃灌木蒿的侏儒兔也会又热又干,在模糊不清的饥饿梦境里沉没。

但山羊是全才:整个世界都是他们的草地。把他们留在一座岛上——他们可不会把所有的力气花在拒绝和懊悔上,而是会不断实验,直到找到新的食物,给这最参差不

---

[1] 特化物种(specialist),极端适应并主要局限于一定生存模式的物种,一旦处于该种生存模式之外,便会灭亡。如下文提到的侏儒兔,其野生种类已经灭绝。

齐的一餐配上够吃一辈子的调味料。把山羊和连衣裙、雪茄、政治宣传册、积木、班卓琴、溜溜球还有青蛙皮一起关进牲口棚——他们会尝试所有东西，甚至棚柱。他们通过咀嚼来调查研究，咀嚼多过吞咽，这跟鲨鱼相反，鲨鱼通过吞咽来调查研究，吞咽多过咀嚼。

等到水手们回来的那一天，这些先锋山羊是多么悲惨啊！但这段时间——从播种到收获——又是多么精彩！到处被拿着羊毛剪的人、提着奶桶的人、握着解剖刀的人跟着，和不停互相交流的绵羊分享地盘，在狂暴的寒冬里被驱赶、戳刺，被牧羊犬嚷嚷和啃咬；接着在一艘油腻腻的船上被关在笼子里颠簸几个月，再在一个湛蓝的夜晚被放到小艇上划到满是棕榈树的岸边，留在寂静的海滩度过这一夜，休养航行后疲累的身躯；早上醒来，入目的是水面的晨光、发亮的黄色果实、青绿色的鸟儿翅膀和露水滴答的翠叶。自由了！在一个多蕨的岛上！还有香甜的雨水和山羊同伴们一起！啊，生活如酒！

在某些多蕨的岛屿上，山羊会变得野蛮，像火焰一样成功（火也是全才）。比如平塔岛[1]，在山羊登陆之前那里有很多蕨类，尤其是树蕨，也就是巨型乌龟总用作遮阳篷的那种蕨。因为山羊也吃乌龟的食物，平塔岛的乌龟们最终无力坚持下去。所有的乌龟，除了孤独乔治[2]。孤独乔治在平塔岛独居了三十五年，最后被搬移进一家机构并赐予永生。

为了防止其他岛屿上的乌龟变得类似地稀有化、神圣化，有些人提出了澳洲野犬[3]的重要性。问题是，野犬吃光了山羊之后，他们可能会开始吃本地居民，所以还需要引进鳄鱼来吃野犬。那么会有一连串越来越危险的动物被运送到岛上，直到有人不得不横跨海洋带来三十头河马，让他们任意散开，压扁一切——沉重但令人伤感的结局。要避免这种情况以及其他令人头疼的可能性，另一个办法是枪。一些乌龟的拥护者干脆在直升机上射杀山羊。这样一

---

[1] 平塔岛（Pinta Island），厄瓜多尔的岛屿，位于太平洋海域。
[2] 孤独乔治（Lonesome George），平塔岛上的最后一只象龟，1971年被发现后迁移至达尔文研究中心，2012年死后被制作成标本并保存至今。
[3] 澳洲野犬（dingo），澳大利亚本土的袋狼和袋獾的灭绝与其有关。

来噪音似乎会打扰到乌龟，但并没有，这么单纯的动物是分不清"砰砰"和"叮咚"的。

不过，山羊显然更加不安了，他们数以百计地在直升机时间逃离。为了找出这些逃亡者，先设陷阱抓住一只，再给他戴上无线电项圈，放回灌木丛搜寻其他同伴，因为山羊是不喜欢独处的。如果你仅养了一只山羊，而不是两只，她会扑向你，钻进你的车，咬穿隔开你们的围栏，爬上防火梯，走在狭窄的木器上、排水管上、房顶上，一直不停地咩咩叫，只想跟你在一起，让你揉搓她又长又重的耳朵，抚摸她的脊背。所以那只无线电山羊会去寻找他的伙伴们，当他找到时项圈就会传送信号给直升机里的人，于是所有山羊将不复存在。

而在别的地方，人们试着重现某些山羊，比如布卡多[1]，一种西班牙野山羊。（山羊跟钢丝上的舞者一样灵巧，但谁能在山崩时保持灵巧呢？）最后一只布卡多山羊

---

[1] 布卡多（bucardo），又称庇里牛斯野山羊（Pyrenean ibex），2000年灭绝。利用最后一只布卡多山羊的细胞组织，一只克隆布卡多山羊在2003年被培育出来，虽然它几分钟后便死了，但这是第一个被复活的灭绝物种。

被发现时,头部都被倒下的树砸烂了。过去的山羊都不会再次出现,这在之前是早就明摆着的事,但现在不一定了,因为有人细心地保存了一只布卡多山羊的耳朵,这比人们为白氏斑马[1]所做的多得多。也许有一天,布卡多山羊会实验性地从一只耳朵里突然出现。

目前布卡多山羊还是住在耳朵里。他们住在想象的世界里,在刺骨又刺眼的雨夹雪中把鼻子拱进柔软的苔藓,吃掉想象中的松香草和耀花豆,长出厚厚的棕色羊毛,生下动个不停的三胞胎,他们歪歪扭扭的样子会让想象中的人们发笑;和伊特鲁里亚的鼩鼱[2]、欧洲盘羊、浅黄色的小野猪、不停打架的胖土拨鼠、毛茸茸的赭色松鼠、玫瑰色的金鱼、淡褐色的睡鼠共享一个山头,还有水獭在纤细的鲇鱼穿行而过的溪流中划水。布卡多山羊被困在潜在的世

---

[1] 一种很像斑马的食草动物,除了身上的条纹不太能挂得住,常从棕色圆屁股上掉下去之外,其与斑马非常相似。白氏斑马本身也不太能挂得住,都从地球表面掉下去了。——原书注(白氏斑马的前半身有类似斑马的条纹,后半身则像普通的马,现已灭绝。——译注)
[2] 伊特鲁里亚的鼩鼱(Etruscan shrew),伊特鲁里亚是意大利中西部古城,鼩鼱是一种形似鼠、吻部尖长的小型哺乳动物。

界里,就像巴珊小肥羊被困在过去的世界里,就像晕厥山羊被困在现实的世界里。每个世界都没有逃出的阶梯,每个世界都没有边际。

有人说,如果你领着你的羊群从一块荒地来到一片新鲜的鹰爪豆田地,然后你停下休息,绵羊会站在那里想不通发生了什么。而山羊会躺下,机智地从旅行模式调整为休息模式,再到跳跃模式、反刍模式;从支棱着犄角全速冲向彼此,转变为听着爱尔兰长笛的演奏如痴如醉;从大力咀嚼马缨丹和木本杂草,转变为聚在一起无须理由地相伴沉眠——当落日降临在任何一个他们所在的想象之外的世界。

字词组成的羊,出自9世纪欧洲古书《阿拉蒂亚》(*Aratea*)

天　赋

鹪鹩宝宝在空中花篮里破壳而出的那一刻，日光穿过如丝的树叶、震颤的花朵、透亮的雨水，引得地下的虫子们也破土而出。春风摇晃着鸟巢，天竺葵也跟着摇头晃脑。阳光明媚，春暖花开，鹪鹩幼鸟躁动起来，为了吃不完的虫子战利品发动一场场暴乱。对幼年的鹪鹩来说，冬天来临的唯一征兆是入夜后凋零的花朵。

如果企鹅蛋也能在天竺葵花篮里孵化，那么企鹅也许会比现在更闹腾一些。就目前来看，当一只帝企鹅破壳而出时，他的两只短手紧紧贴着身体，排着队站在父亲脚上，冷冰冰，黑黝黝。他于隆冬时节在南极洲出生，那正是寒夜无休无止的时候。父亲是他的守护者，但也有四个月未曾进食，快饿死了。数百英里外的大海中，母亲已经进行了两个月的冬钓，目标是数千英尺深海处的枪乌贼和鱼类。但愿现在的她正横跨百里冰面往回走，但愿她吃得胖胖的了。不过她不会走得很快，因为她的膝盖没法弯曲。

企鹅之所以没有把他们的蛋放在离海洋更近一点的地方，是因为他们所在的大陆边缘极易融化。站得离大海近的幼崽就很抱歉了，春天可能会把他送走，让他在一块分离的浮冰上越漂越远。迷路的一英亩地带走了一个一动不动、圆润得像个梨一样的毛团。谁知道什么时候会遇上海浪？

如果母亲没能在孩子出世后很快赶回来，饥饿的父亲就得拖着脚一路走向大海，或者趴在雪地上滑行。蔫了的小企鹅就站在冰面上，跟鱼肉的距离和跟花朵的一样遥远。带着食物回到住地的其他母亲是不会帮忙的。如果她发现自己被三个饿疯了的小鬼紧贴着不放，她会甩掉其中两个，只留下她真正的小孩。所以真正的幼崽会比假冒的更胖一点。假冒的小企鹅便闭上他们的黑眼睛，在光秃秃的冰面上躺成一串，在地球上最黑暗、最刺骨的冬天里无依无靠。

但是，有爸有妈的企鹅幼崽也不是完全安全的。有时雄性企鹅会不小心把石头当作蛋来孵，结果九周后才发现他们的小孩不见了。没有哪只小企鹅能啄开石头蹦出来。所以，如果有一只刚出生的企鹅从父母脚上下来溜达一会儿，沮丧中的石头爸爸可能就会追着他，想把他骗到自己脚上去。当你很沮丧的时候，当你跟另外六只沮丧的企鹅一起竞争的时候，当你抢夺宝宝的工具只有带爪的脚板的时候，是很难温柔的。有时候，被渴求冲击得晕头转向的小企鹅会被一脚踢开，活活冻死。然而还是会有某位无法接受现实的家长把那残破松垮的身体往前踢，幻想他还会爬上他的脚面成为他的孩子。

　　鸟类似乎能够适应南极的冬天，就像牵牛花适应滚烫的泥淖一样。所以企鹅也确实具备一些特质，能够忍受冰面上的冬天。比如结实的腿部，这让站立更加轻松。如果企鹅能在暴风雪中站上四天，而不被大雪击倒耗尽；如果他们能活过第一年——五只当中就会有两只不能——长出流水般顺滑的羽毛，看上去不再像个破布袋子；如果当他们足够强壮时，父母不再带来枪乌贼哺喂，幼崽饿到只能一摇一摆地出发，穿过数英里金光闪闪的风雪，来到从没见过的大海：那么一旦他们往里一跳，就会发现他们还有站立以外的天赋——在水中以各种飞旋急转的身姿游动。

鸵鸟巢不比企鹅巢豪华多少：沙地里挖一个浅坑，十二个蛋放进去还会冒尖。（这些蛋探出头偷看，以便精心策划自己的破壳之日。）十二个冒尖的蛋就那样放在沙坑里，随时会被鬣狗和狒狒吃掉，被狮子当作玩具滚来滚去，被埃及秃鹫用石头砸裂，结束他们的窥视生涯。

有时候，鸵鸟会开始打转，或在沙地上跑圈。他们为什么要打转？谁能领会这种做皮鲁埃特旋转[1]的鸟类的复杂灵魂？不过我们了解一点其他生物的旋转冲动，比如迷路的人。迷路的人总是在循环往复，只不过他们自己不知道，因为一个足够大的圈看起来会像一条线。再加上月亮一直在飞行，飞蛾不断改变位置，花朵一路上东歪西倒，更让人察觉不到事物的重复。但鸵鸟转圈的时候也迷路了吗？打转是不是一种制止他们在迷路时继续前进的程序——再往前他们也许会更加迷失，也许会丧命于山中恶兽之手？或者，像很多打转的人一样，鸵鸟是想要忘记

---

[1] 皮鲁埃特旋转（pirouette），芭蕾舞中单脚尖着地的旋转动作。

昨天？

不管怎样，鸵鸟的旋转将自己的后代置于危险之中。如果她离巢打转去了，狮子会跳过来，辘辘辘辘偷走鸵鸟蛋；如果以后她只顾着打转而不看管自己的孩子，另一个鸵鸟家庭可能会把他们拐走。不打转的鸵鸟可以攒出几百个小孩。

所以，能破壳而出的小鸵鸟并不多，能活得长久的也不多，活下来后还归自己母亲所有的更是不多。作为家长，鸵鸟是个糊涂蛋。当然，即使鸵鸟的翅膀扑棱得很欢，她也不会飞了，因为她太重了，羽毛也起皱了，不再符合空气动力学。鸵鸟也不是拉车好手，如果她们觉得累了，会索性扑通躺下。

不过当她跑起来的时候，鸵鸟就会嘲笑狮子，嘲笑她经过的马、拉车、鬣狗，因为她有着来复枪似的粉色长腿助她驰骋沙场。

青蛙长得实在太好看了，以至于没有人真的相信他们不屑获得关注。但是很多青蛙在睡觉时都会藏在树叶或石头后面试图掩护自己，躲避想要用青蛙毒素毒死彼此的人；或者是想把他们烧成青蛙灰的人——把青蛙灰涂在脖子上可以防治瘟疫；或者是那些吸食青蛙的人，他们想要迷惑自己，或是麻醉自己疼痛的牙齿，又或是给自己的心肌下毒来忘记昨天。

所以，在婆罗洲[1]的白天——很多青蛙都在睡觉的时候——树上的一只青蛙就像海里的一颗豆子，漂到了没人能看见他的地方。青蛙在世界各个角落睡觉——雾蛙、小铁蛙、玻璃蛙、叶水蛙、树蛙，还有来自婆罗洲的蛙——就像海里各种各样的豆子，无人察觉地睡在叶子里。但当婆罗洲的某种青蛙醒来后，他不会像别的青蛙一样——从树上一步一步下来，和马来熊、须猪、赤麂一起一脚一脚地穿过树下的灌木丛，然后用力攀上一株被藤蔓勒死了的欧石楠——他从不关心什么林下灌丛，什么马来熊：他伸展双腿，张开有着球状尖端、之间还连着网状物的手指，一路滑翔下去，从一株欧石楠飞到另一株欧石楠，用大大的伞状手掌在空中控制方向。浅绿色的发光蘑菇点亮了婆罗洲的夜晚，也让绿色飞蛙的夜行天赋微微闪现。

---

[1] 婆罗洲（Borneo），世界第三大岛，位于东南亚马来群岛。

新西兰巨水鸡有着巨大的喙，可以啄开鸟蛋、抓捕鱼类、撕开动物尸体。新西兰的湿地的确有鸟蛋、鱼类和动物尸体可供俘获，但也有以巨水鸡蛋为食的鼬鼠。鼬鼠从欧洲来到这里之后，巨水鸡便离开湿地去往山间，学习有关草地的知识。现在他们自己住在峡湾上的山林里，用强硬的鸟喙吃着细细长长的丛生草，像蚕食猎物的巴兹里斯克蛇怪[1]，只不过后者没有人可以盯着看。巨水鸡现在变成坚持不懈的蚕食派了，因为吃草意味着你得吃上一整天。

可是巨水鸡那碾碎机似的喙不仅变得大材小用，它还成了一个问题：那鲜艳强烈的猩红色远远超过草地生活所需的灿烂值，有两倍那么多。巨水鸡肯定也意识到她的喙太红了，因为有老鹰飞过的时候，她会把脸埋进地里，或者把喙藏在翅膀下面。很久以前巨水鸡就不再飞行了，但万幸她还留着翅膀：如果你决定停止飞行，最好也别放弃你的翅膀，因为某一天你可能还会需要它们，当你的其他特质让你陷入危险时。所以，巨水鸡也许没有机会与游泳

---

[1] 巴兹里斯克蛇怪（Basilisk），传说中的怪物，上半身像鸡、下半身像蛇，目光或气息可置人于死地。

的企鹅、奔跑的鸵鸟、飞翔的青蛙感受类似,不过她至少还有可以隐藏自己天赋的小翅膀,以防老鹰冲着她来。

林莺之乐

天高海阔，
任凭我越。[1]

我在想，有一天我会突然被传送到另一个时代，比如骑士时代或青铜时代。当然，我希望我到那儿的时候穿着那时的衣服，但又不会长得像当时的某个名人，因为我只想做个路人。但更有可能的是，由于时空错乱的服装和我那容易被认错的长相——这会让人们对我的能力有所期待——我不得不解释我的出现。要解释这一点，我又不得不解释我所在的时代，也就是现在，在过去也被称作"未

---

[1] 原文为 The water is wide, I can cross o'er。改编自苏格兰民谣《海水宽阔》("The Water Is Wide")，原歌词为 "The water is wide, I can't cross o'er"，下一句是 "Neither have I wings to fly"（我也没有翅膀可以飞）。

来"。这就是为什么我一直在研究我们的伟大发明和进步:为回答问题做好准备。

首先,我们似乎有必要了解现代鸟类的迁徙,因为鸟类以前会在九月飞往月亮,再在春天回来。而现在的人们会问,为什么鸟类要在月亮上过冬。但这是他们看见燕子飞向那个银色球体时才会意识到的问题了。现在的鸟类通常会去巴西或摩洛哥过冬。所以我希望我能对过去那些筋疲力尽的鸟儿有所帮助,解释一下他们的后代是如何通过大大简化的旅途获得成功的。

但有只小鸟完成了某种迁徙壮举,让人仿佛回到了鸟类在月亮上过冬的日子:从阿拉斯加出发,黑顶白颊林莺东行三千英里飞到新斯科舍[1]。在那里,他就着结网毛虫、锯蜂大快朵颐,在等待西北强风把他从细枝头吹向大西洋的时间里发胖。之后他便启程去往委内瑞拉,两千英里的跨洋飞行。

不过"胖"这个词对小不点鸟儿来说有点粗鲁了——

---

[1] 新斯科舍(Nova Scotia),加拿大东南部省份。

四英寸高的小精灵,由羽毛、空骨[1]、心脏编织而成。林莺可不像鹅那么壮实。一只鹅站在你头上那就烦人了,他会压得你脖子都缩起来,但一只林莺可以在你头上待一星期而不被察觉,就像一颗樱桃或一先令。即使有一颗巨大的心脏,林莺也仅重三分之一盎司,这意味着四十八只林莺加起来才有一磅!

林莺出生后的前三个月在阿拉斯加北部和纽芬兰[2]的云杉林里以昆虫为食,活动范围不超过他们六月破壳而出时所在的那一英亩地。然而经过这个相当地方性的抚育期后,这些小精灵便被焦躁不安笼罩,迫不及待地让自己投入六千五百英里的航程中,途经未知的地带,到达未知的大陆。舒适对林莺是没有吸引力的:就算你把他们放在俄亥俄州温暖多虫的笼子里,九月来临的时候,他们仍会按捺不住地朝巴西的方向疯了一样地上蹿下跳、东抓西挠。

"只要巴西的虫!"

燕鸥和剪嘴鸥也能完成距离惊人的水上飞行,但由于

---

[1] 不像人的骨骼里充满骨髓,大部分鸟类的某些骨骼是中空的,这为飞行减轻了重量,但也有负责造血的含有红骨髓的骨骼。
[2] 纽芬兰(Newfoundland),加拿大东部省份。

他们既是飞禽又是游兽，所以整个海洋对他们来说其实是个中途休憩站。飞累了可以"扑通"一声降落到水面，来顿鱼肉作乐。黑顶白颊林莺不会游泳，因为他们小小的抓地脚爪在水中无法适应（试试手里各抓一把叉子在水池里游泳）。如果林莺也在水面降落，那他们会变成别人的乐子。他们不耐水也不能浮起，会变得湿漉漉、软塌塌，然后沉没。所以他们必须一直飞行，从新斯科舍海岸飞到委内瑞拉的海岸———一路飞行八九十小时！他们也不会像信天翁那样平稳滑行，他们是这样飞的：

拍拍拍落 拍拍拍落 拍拍拍

如果没拍动翅膀，他们就会下落。在迷宫般茂密杂乱的云杉林和灌木丛里，短小的翅膀正适合追赶那些狡猾灵活的阿拉斯加飞蝇，林莺在那里是活力四射的小小飞行家，但他们无法一飞冲天。代达罗斯就没有给伊卡洛斯安上林莺的翅膀。[1]在长途旅行中,他们会向前冲刺,然后收回翅膀落下——一分钟之内重复好几次。

他们依靠星星找路,依靠太阳找路,依靠他们脑袋里的小小晶体利用磁场定向找路。他们也靠地标来导航,每年都能记得的地标——这就是为什么没有东西可以回忆的幼鸟可能会飞到明尼苏达州去。迁徙不一定总是万无一失的,尤其是初次尝试的时候。有时,没有经验的小东西们飞过海洋时,会被大风吹得偏离航线,最后到达爱尔兰。那时,整个旅行计划一定会看起来很奇怪:离开安逸的树丛飞过半个地球,来到下着小雨的格拉夏贝格[2]。

委内瑞拉的海滩上,林莺就那么躺在那里,只剩下羽毛和骨头,所有贮存的昆虫脂肪都消耗光了。降落之后,他们乱七八糟地在沙地上躺成一片,神志恍惚,接下来的四天都是这种超然状态。人们可以径直走向他们,刚

---

[1] 希腊神话中,代达罗斯(Daedalus)是一位著名的雕塑家。他和儿子伊卡洛斯(Icarus)被困在克里特岛上,为了逃出,他用鸟的羽毛和蜡给两人制作了翅膀。但伊卡洛斯飞得太高,靠近了太阳,翅膀融化坠入海洋身亡。
[2] 格拉夏贝格(Glashabeg),爱尔兰的一个地区。

刚才横跨大洋的他们什么都不想管了。然而之后，他们会甩掉身上的沙子和倦怠，抖开羽毛吃几只蜘蛛，继续飞行一千五百多英里去往巴西过冬——在巴西这季节也被称作"夏天"。毕竟除了那几个爱尔兰流浪汉，现在的林莺是不在地球上过冬的。我们过冬，我们度夏，我们又过冬，我们又度夏，而林莺是从夏天飞到夏天，再从夏天飞到夏天！

林莺,出自《美国鸟类》(*The Birds of America*,1840)

豌豆狂热症

如果你只有一个脑袋，或者只有一口锅，你就只好考虑做个大杂烩了。很多前维京人[1]只有一口锅，所以他们把豌豆放在一种叫作阿索巴[2]的大杂烩里，里面还有玉米、芝麻、谷子和罂粟。阿索巴提升了豌豆的档次，任何配料都会让这种过时的豆子——散发着一股霉味又软得没骨头，很适合填满储藏室或拨浪鼓——提升档次。

然而在17世纪以前，豌豆就像代尔夫特陶器[3]那样珍贵。很多现在已悄无声息的荷兰种子商当时一度非常关注

---

[1] 原文为pre-Vikings，应泛指北欧人。Viking音译为维京人，也称北欧海盗，指的是8世纪至11世纪在欧洲西北海岸抢掠的斯堪的纳维亚人。现在的斯堪的纳维亚半岛有挪威和瑞典两个国家。
[2] 阿索巴（Ärtsoppa），瑞典一种黄色的豌豆汤，通常和煎饼一起吃。
[3] 代尔夫特陶器（delftware），荷兰代尔夫特生产的一种精陶。

豌豆的品质。他们让那些拨浪鼓豌豆都变得像奶油般鲜美多汁。豌豆不再只是充饥食物了：吃豌豆变成一种狂热。新鲜嫩绿的豌豆是哪怕错过舞会也要品尝的点心。午夜时，豌豆从厨房的橱柜里被偷走，装在口袋里私运进教堂享用，它被认为是生活中最美好的事物之一：这通常是压缩饼干才享有的待遇。

起初豌豆看着并不像是会引起狂热的样子。小时候的豌豆藤，勤奋又守时，每四天半长出两片一模一样的小叶子。如果在星期二早上长出两片叶来，她便会在星期六晚上又长出两片，在星期四早上再长出两片。某个来帮忙的——修士或蜜蜂——可能会顺便看看她们，但豌豆藤就像蘑菇一样自律，像时钟一样尽责。

不过后来事实证明，这像蘑菇一样的自律精神其实只是顽固缺点的假象。豌豆从时钟一样的孩子变成了傻瓜一样的大人。一旦她们有了纤长的肢体，就开始摇摇欲坠，因为她们的体重超出了自身的承受范围。接着，豌豆会疯了似的长出长长的卷须，在空中摸索格子架——就像摇晃的提线木偶会长出木偶绳在空中摸索提线人。渴求催生渴求：豌豆藤渴求格子架，所以她长出卷须——每根卷须也渴求格子架。它渴求从纤长的绿色豌豆苗中催生出卷须，结果发现自己长大了，大得像大象。

卷须这一路上都是未知的急转弯。好像听不清音乐的舞者，豌豆须成了糊里糊涂做出各种滑稽动作的小丑。因为它们无法理解格子架的构造，所以只能一味地往远处生长。豌豆这种错乱的性格，这种摇摇晃晃、松松垮垮的难以预测的性格，不是由于她们的生活没有目标，而是由于她们的目标是超感的。她们想要的——在用尖尖的几缕绿抓住之前——超出了自己的认知范围，因此她们的举止会有点像流浪汉。只渴望可感事物的性格是比较务实的，比如屎壳郎。但是摇晃的豌豆们会伸出天线探寻远方，尝试各种角度，感觉自己仿佛摆起了阿拉贝斯克舞姿[1]，因为她们执着于那不可感知的目标。

实际上格子架并不是唯一超感的事物。当你向晦暗的宇宙伸出渺小又带着疑问的手臂，你也许会碰到能拴住自己的棚架，或者是涂了黏鸟胶的树，又或是呼哧呼哧的小

---

[1] 阿拉贝斯克舞姿（arabesque），芭蕾的一种基本舞姿，单腿直立，一臂前伸，另一条腿向后平伸，使指尖和足尖形成尽可能长的直线。

猪,还有可能是荡来荡去表演高空秋千的人,把你也当成高空杂技演员招募过去——然后呢,除非你有着绝佳的时机掌控力和紧身连衣裤,不然注定失败。

或许你什么都没碰到,你的渴求把你摔下马来。渴求可以扶你上马,也可以摔你下马。你只能一直寻找,直到你的寻找工具把你掀翻在地。也许你能够得着的地方就是没有格子架。不是每株植物都能分到一个格子架,就像不是每个星球都能分到人类,不是每个人都能分到布丁,不是每块布丁都能分到李子。或许你附近正好有一个格子架,印象中它就安置在你旁边,但你的触须曲折延展却总是碰不到它,直到最后你满怀渴望地收起触须,跟周围无所攀附的其他植物一样。一英寸之外的格子架可能是月亮,可能是神话,还可能是幻想。你长出的卷须可能只是华而不实的金银丝。

如果豌豆到豌豆之间的路程能缩短,那豌豆藤便可以互为格子架,就像提线木偶把绳子缠在彼此身上——"把我举起来,蓝色巴洛克女士。""抓紧我啊,椴木小矮人。"但是这样的话,豌豆田会变成豌豆病房,因为"霉菌依靠近距离空气传播"。群居不会隔离疫病,反而会加剧病情。

五朔节[1]的时候，大家一起绕着五月柱跳舞，一起享用盛宴，瘟疫也从他传到她身上，再从她传到他和他身上。人越多意味着瘟疫传染越广，木头越多意味着火焰越高，豌豆越多意味着霉菌越严重。豌豆的粉状霉菌会传给另一株豌豆，再一株豌豆，更多的豌豆，并且不只是豌豆。

携带粉状霉菌的豌豆种子被一阵阵风吹着，踏上旅程——所以可能会被吹到社区游泳池里，或是鸡舍里，又或是刚刚涂好的壁画上。事实上，除了豌豆藤以外的任何事物都会是它们的坟墓。不过有时候它们没有降落到哪里，就停留在空中，跟幽灵一起漂泊着。偶尔会有一阵种子风，径直吹向一株豆科豌豆属植物探寻着什么的细瘦臂膀。然后种子们便落下来，用它们的空心吸器伤害那株植物。它们喝下她有限的绿色血液，让她浑身长满白色粉末，蔫儿得卷曲起来。但它们喝得很克制，慢慢地用吸管小口抿着，毕竟你总不能从空了的玻璃杯里喝出东西吧？

---

[1] 五朔节（May Day），欧洲传统春季节日，每年5月1日，人们为春天的到来举行庆祝活动。下文的五月柱（maypole）是五朔节时竖立的花柱，人们会绕其跳舞。

在这个宽广的草木世界里,在这个有着月光花、胡枝子、月桂树、雏菊、鸡蛋花、藿香蓟、矢车菊、矮百合、雪里蕨、梅花草、蛇葡萄、雨百合、毛枝栗、旋花草、婆罗门参、贝母的花园般的世界里,如果你突然发现一种能够赖以生存的植物——豌豆藤——那么何必要吸干她,害得自己又重回空中?空气是个问题,在其中旅行的事物也总是带着问题:什么时候,我会发现什么?谁在哪里?

很久以前,久到空气和空气中的旅行者都还不存在的时候,在火之国穆斯贝尔海姆与冰之国尼福尔海姆[1]之间有一道巨大的裂缝。裂缝叫作金伦加鸿沟——巨大的鸿沟,黑暗虚无。但当穆斯贝尔海姆的火焰巨人大军越过金伦加鸿沟与尼福尔海姆的冰霜巨人对战,有些东西仿佛活过来

---

[1] 你知道,你把冰块放在烛火上方会怎样吗?矮牵牛会出现。那么,火国人和冰国人的结合就是这个简单合成效应的宇宙论范畴的演示。斯诺里·斯图鲁松的回顾式预言里就是这么说的。——原书注[北欧神话中的这两个国家名原文分别为Muspelheim和Niflheim。传说中热气与寒冰在下文的金伦加鸿沟(Ginnungagap)里交融,最初的生命由此诞生。随后提到的斯诺里·斯图鲁松(Snorri Sturluson, 1178—1241)是冰岛诗人、编年史家,其对记述了北欧神话的《古埃达》(*Elder Edda*)加以编纂,著成《新埃达》(*Younger Edda*)。——译注]

一样，开始融化，躁动地滴落到裂缝里，变成了人类、植物和动物。他们不断繁殖，填满了空洞。对于能轻易获取他们所需的事物来说，地球一点都不像一道鸿沟。他们心满意足，就像永远指向整点的时钟。

不过有些事物仍身处金伦加鸿沟里，比如金凤花。金凤花向着这巨大的鸿沟伸出她们沾满黄色粉末的花药，祈求蜜蜂的到来。鹤望兰则竖起她蓝色的底部包片和火舌般闪耀的橙色花瓣——兼具蓝色的稳重和橙色的魅力——为了向太阳鸟展现双倍诱惑力。当然，还有豆科豌豆属植物，派发着她那一圈一圈的卷须。但跟走失的母狼长嚎着呼唤她的族群一样——这种唱着"我在这儿"的悠长歌声可能会引来别的狼群——植物们也会用她们多情的花药、花瓣、卷须招来别的东西。所以包片花瓣招来的可能不是太阳鸟，而是会导致干缩、糊烂、黄化、湿软、恶臭、斑点的疾病。

那为什么还要冒这个险？究竟为什么要这样做？只有泡在全脂牛奶、发酵蛋黄、鲸油和砷铜里才是绝对安全的。所以为什么不好好待在土里紧紧抓住种子，而非得让种子冲到前面，一动不动地把最好的自己献给黏菌、粉痂病、蒂腐病、象鼻虫、潮虫、坏疽、银皮屑以及吵吵闹闹等在空中的小麻雀？

植物就是不能好好待着。对光的渴望让青草从地里钻出，对访客的渴望让红色花瓣从枝条中抽芽。渴望令植物变得非常勇敢，所以她们能找到自己渴望的事物。渴望也令她们变得非常敏感，所以她们能细心感受自己所找到的一切。格尼帕果的内心是蜜肉，罂粟的内心是穗花，梭鱼草的内心是柔软的浅紫褶边，郁金香的内心是倾斜的，洋地黄的内心是毛茸茸、斑斑点点的，歪歪扭扭的豌豆的内心则让人狂热。那些伸往金伦加鸿沟里探寻的事物，如果期待自己的探寻能有所触的话，就必须长出斑点、毛穗，能够变软、倾斜。并且如果她们能够倾斜，便也能够倾倒，这样的设计就有别于石英晶体嘀嗒作响的内心。[1]

---

[1] 石英钟表的指针也会倾斜，但不会倾倒掉落，而是再回到上端，循环往复，与上文"永远指向整点的时钟"相呼应。

豌豆藤与豌豆荚,彩色植物插画(1885)

美味森林里的激进熊

曾经有一位巴比伦的国王因太过自傲而在心智上被贬为动物,并被赶到牧场。他四肢着地,在田里游荡,大口啃食着草地,七年之后才获准回到自己的宫殿,回归华贵的紫色长袍、大麦啤酒、烤蚂蚱串的生活,以及重回让他重获庄重发卷的皇家理发师身边。(获赠动物心智的同时,他还被附赠了动物发型师。)我们并不确定,在心智上,尼布甲尼撒二世[1]到底变成了哪种动物,但从他乐于回归文明世界及精致餐饮这一点来看,可以推断不会是熊猫。如果他做了七年熊猫,最后一定会拒绝收回自己的王国。他一定会翻着跟头跑开,继续那自由自在、神出鬼

---

[1] 尼布甲尼撒二世(Nebuchadnezzar),古巴比伦国王,曾建空中花园。传说中,他因过分自傲被上帝变成了动物一样的人,头发长得像老鹰的羽毛。

没、无人追随的生活。

拥有大批追随者不是尊贵熊猫的追求。没有哪只红腹角雉信得过,也没有哪头南非野猪靠得住,能让熊猫想一直被跟着。熊猫甚至会离开其他熊猫,就像宇宙中的星辰,远而又远地散开(你绝不能远到无法说再见)——除了他们的领地既不是无边无垠,又不能不断扩展之外。而且为了生养出更多的熊猫,他们最终无法就这么散作微粒。熊猫每两年左右聚到一起,婚姻也并不总是精神婚姻。

如果他们能够选择,熊猫也许会挑一件不那么显眼的外套,这样才更符合他们的隐居精神。崇拜者可以是隐秘的崇拜者,苦恼也可以是隐秘的苦恼,但熊猫不会是隐秘的熊猫,因为他们与绿蕨、灰岩、粉杜鹃花形成了鲜明对比,更不用说他们的肚子、耳朵和四肢了。他们是一种夸张的熊,极度具有可见性。事实上,这对独居物种来说,可能是个优势:更容易避开你了,亲爱的。擅长伪装的动物们肯定会一直撞见彼此。

这种游离于社会之外的动物整天都在干什么呢?他们的职责、乐趣、激情是什么样的呢?也许有一些把自己卡在树上，有一些在薄雾中凝视发呆，还有一些无聊地瞎闹。有时，熊猫会从树枝上折下一段冰柱，在空中抛来掷去直到它融化。还有些时候，他一路内八字地小跑上山，被绊倒之后滚了下去，因为他是圆的嘛。这让熊猫觉得好玩，他便再次爬上去，又滚下来。熊猫也会拔些野鸢尾花或番红花来，躺在蕨叶里吃，或者是在一株垂柳下瘫着，嚼一嚼晃进嘴里的小嫩叶。

大多数情况下，熊猫靠吃竹子打发时间。竹子，那种硬得像木头的草，占熊猫日常食谱的99%，而且他们一天能吃上14小时。他们必须持续食用竹子，因为只有20%的食量能被消化吸收。这种苦修式的饮食习惯是个谜。熊猫像是芹菜圣人——别人都在欢快地吃着酿馅鸡蛋、手指土豆、小馅饼和橙子，欣赏着桌边歌者的演唱，而在外面的灌木丛后坐着一位芹菜圣人，抱着他的一筐芹菜嘎吱嘎吱嘎吱。吃够了馅饼你就会放下对食物的欲望，转而追求一些别的，比如做牧牛工。芹菜极端主义者就很少有这样的浪漫想法。

考虑到他们食肉动物一样的生理结构和食草动物一样的行为习惯，熊猫似乎在遵守某种古老的誓约——似乎他们过去也像其他熊类一样是美食家，嘴边沾着血迹和浆果汁，整个冬天都在睡懒觉，直到有一天他们陷入昏睡后听到了这样的箴言："熊猫们，你们正站在永恒世界的边界，但现在的你们沉迷于蛊惑心智的食物，色欲的慢性毒液流经你们的血管。你们必须摒弃曾经的习惯，漠视食色的强烈呼唤。有时候，这会耗费你所具有的每一丝意志力，但全身心地让自己投入到食竹中去吧，以坚定无瑕的道德准则为指引，你们的生活将变得纯粹而高尚。"如此，他们便变成了熊类中的激进派，食竹者。现代食竹者展现出对诱惑的非凡抵抗力：一条小河奔腾而过，呈上新鲜的鱼肉大餐，而熊猫做了什么？蹚过水流，走向对面硬邦邦的竹林。

　　但意志力可能不再是这种节俭饮食习惯的全部动因。竹子不是能量食物，吃竹子的熊便不会很有力气，而从河里捞鱼是需要力气的，睡过一整个冬天也是。如果你准备睡上七个月，你需要吃很多山核桃、蹄类动物和蜂蜜。食竹者为了吃竹子，却要在整个冬季保持清醒——偶尔还能看见蓝宝石似的雪花从树枝上飘落，峭壁上悬挂着的冰柱，碧绿的竹叶上撒下雪白的粉末。（有什么梦境能与冬天相比？）

世界之大，一只仅研究过几座云雾缭绕的山头的熊猫会知道些什么？根据她的经历，她肯定对坠落有所了解。冰柱融化，花朵凋谢，小到摸都摸不着的熊猫宝宝长大了，可摸可抱又独立自主。某天，你觅食归来后想从树杈上拿回自己留在那儿的幼崽，结果他不见了。蘑菇，月光，一切事物都转瞬即逝，只有一个例外：竹子。竹子不会衰败，竹子是不朽的、常绿的，在橙色的季节里是绿色的，在白色的季节里也是绿色的，在绿色的季节里还是绿色的，向着春雨伸出可爱的竹笋。倚靠竹子的熊是幸福的。[1]

对于幸运的熊猫来说，这是真的；竹子从不衰败。竹子可以存活一百年，是熊猫存活时间的四倍之多，但竹子也有可怕的缺陷。大部分草类是摇摇晃晃死去的，一片接着一片，就像管弦乐队——即使有一位长号手吹不动了，整个集体还能继续演奏。竹子的问题是它们会同时垮掉：经过一个世纪的不断生长，整片竹林一起开花，一起死

---

[1] 原文为 Blessed is the bear that trusteth in bamboo，化用了《圣经》中的一句 "Blessed is the man that trusteth in the LORD"。

去。[1]并且就像彻底报废的管弦乐队,竹林需要二十年才能恢复原样。

这时候,某些动物可能就会发现不对劲,变身为随便主义者了。这世界上有那么多可吃的,干吗还要专门享用某种营养少得可怜、时不时会倒下的食物?竹子又不像蚕豆那样吃起来很愉快,竹片会从上到下地戳着刮着吞咽它的人。这古老的誓约武断又不当,竹子是一种愚蠢的主食,只吃它更是荒唐。想想实用主义者吧——如果意大利扁面条吃完了,实用主义者会去吃桌面中央的装饰品,如果那也吃完了,他会开始吃桌布。因为实用主义者没什么原则,所以他们的数量相当庞大。

但被竹子背叛的熊猫还是去找竹子了。这就是一种特殊的饥饿感,只对一种东西感到饥饿——类似特殊的孤独感。有时候他们不用走得太远。熊猫吃好几种竹子,就算箭竹林倒下了,旁边可能还会长着伞竹林。有时候,他们不得不走远;还有些时候,他们倒霉地走错了方向——你

---

[1] 竹子每隔一定时间便会集体开花,然后因为没有得到足够的养分继续生长而死亡。但时间周期有长有短,并不会都要经过一百年。

怎么知道哪条路能找到芹菜田呢？——直到他们的外套不再能适应环境。以前，流浪对动物来说比较容易，因为那时的森林随处可见。即便某次远征不太顺利，一路上也总有树林，就像从地面到天空的旅程一路上都是牛奶[1]一样。现在，一片片森林之间都是村落和石矿、险峻的玉米地、人们围着跳舞的帐篷、吓坏了的人类手里挥动着的毯子、采蘑菇的人，以及其他需要躲开的事物。

人们试图帮助熊猫投身实用主义，让他们明白事理，在竹子死亡期选用其他替代品。在牢笼中他们屈从了——他们会吃摆在面前的山药、香蕉、鱼肉。但屈从不是转变。当他们重获自由后，熊猫便回归对竹子的愚忠，从其他食物面前慢悠悠地晃过——山的另一面也许有一座美味的森林，他们可以在那儿躺下，被成千上万的柱体所庇护，每只前爪握一根竹棍，啃完一根还有一根，嚼着一捆捆颤动的竹叶。世界上只剩下不到两千五百只熊猫了，他们都在同一条船上，竹子做的船。船一旦沉没，他们也

---

[1] 英文中，银河叫作Milky Way，乳之路，源于古希腊语，银河也确实是乳白色的。

1869年2月23日,法国传教士阿尔芒·戴维(Armand David)从成都出发,前往雅安,踏上寻找大熊猫的重要旅程。此为戴维发现大熊猫后的手绘图

就跟着沉没,沉到深水处,但他们还是不会换乘另一艘船,就算换成全中国的茶叶也不行。熊猫有自己的智慧,难以解释,也不能修正,根基之深是我们无法触及的;而且如果他们真的在乎什么,那会是比人类更复杂的存在。

与难同行

"那么,地球究竟属于谁呢?"被残杀的龙这么问道,"有时候它似乎属于龙,但另一些时候则属于屠龙塞[1]。还有些时候它好像属于哈麦丹风[2],又或者属于赤道无风带。有时是属于奴隶的,当海面分开让他们通过时;[3]有时属于大海,当海面平静无波时。现在属于金翅雀和裸盖鱼,还有锻造业和冶炼厂[4]。也许地球是中立的,就像两

---

[1] 屠龙塞(Dragon-gaggers),一些英雄会挥舞着牙刷而不是刀剑,并表示他们是来"给龙刷牙"的,然后便把牙刷捅向巨龙那滚烫的舌根深处。——原书注 [该词应为作者仿照dragon-dagger(屠龙匕)一词自创而来,gagger一般指张口器等塞住嘴巴的东西。——译注]
[2] 哈麦丹风(Harmattan wind),非洲旱季时从撒哈拉沙漠吹向非洲西海岸的干燥热风。
[3] 指《圣经》中摩西带领被奴役的希伯来人逃离埃及经过红海时,海水被分开,希伯来人安全通过。
[4] 首先熔炼工将矿石熔炼成铁,然后送到锻造车间锻造成汽车,之后汽车被送去打蜡车间打蜡,最后再在废弃物仓库里生锈。——原书注

个城市间的一座桥,行人在上面行走却不曾拥有它。"以上就是一条将死之龙的后知后觉。

海龟不会死到临头才领悟一切。虽然不知道有多少海龟蛋明白这一点,但小海龟从他们皮革似的蛋壳里拱出来后就会立刻意识到这不是海龟的世界。如果有刚出壳的小海龟不相信,他会爬出沙洞,在冒头的那一刻停下:"世界是我的地盘,太阳是我的行灯,而我,被软软的壳包裹,将横行于领地,没什么能摧毁我。"接着矫健地潜入海里。

不过事实上,小海龟们会慎重地挖出自己,花好几天悄悄地钻出沙子,让他们软软的壳能有时间变得坚硬。一旦他们接近地面就会停下来,等待太阳下山。之后他们便疯了似的跑到水里,从浅滩一路扑腾到深处。满身是沙的新生海龟在夜幕降临时一扭一摆地离开亚利马普海滩[1],他们可不傻。小狗、浣熊、海浪、鲇鱼,都可能摧毁他们,况且妈妈也不在身边。

这个世界也不属于蛇,他们一下子就理解了:蝰蛇被

---

[1] 亚利马普海滩(Yalimapo beach),位于法属圭亚那。

捕蛇人塞到陶罐里，挤奶一样地挤出毒液来提取抗蛇毒血清，丢脸极了。罐装蛇被用来制作消灭自己力量的东西，这不会让他们觉得自己是什么主宰。甚至十五英尺长的眼镜王蛇，也会在轻浮的女士为了求子嘴对嘴亲吻他们时，发现自己相当滑稽。

即使蜥蜴有一些可食用的从属物，比如粉虫、甘薯和蜗牛，但他们自身也是鸟类和短尾猫的可食用从属物。蜥蜴能构成的最恐怖的威胁也仅仅是中等程度的。只有两种蜥蜴——珠毒蜥，即墨西哥串珠蜥，以及钝尾毒蜥，也就是全身都是黑色和桃色珠子的希拉毒蜥——咬人时会释放毒液。蛇类把毒液贮存在上颌，并从那里流进踝关节及罐子；而珠状毒蜥和钝尾毒蜥的毒液腺体在下颌，所以当他们咬住东西时，毒液得慢慢地从底部毒牙渗上来。只有最差劲的受害者才会在被咬住那么长时间后，最终被钝尾毒蜥杀死，最美味的那些都能脱身。桃珠毒蜥难以调用他最具杀伤力的成分，在地球上的生存状态也十分脆弱。

很多脆弱的生物——希拉毒蜥、海龟、硬鳞蚺和黄金蟒、基因突变的郁金香、满脚泥泞的熊猫、植根泥泞的榛树——都比强大的生物更有意思。强大的生物有必要从发明和实验中获得什么吗？从形式上来说，蜥蜴跟面团一样具有实验性。有的是飞蜥，肋状的侧翼展开时好似翅膀。有的是棘蜥，体型宽到每顿能吃数千只蚂蚁。鞭尾蜥，全部都是雌性。侏儒壁虎，一种住在枯枝落叶里的小型壁虎，小到壁虎所能达到的极限而又不会太干瘪（那么小的体型会让壁虎的表皮比例高得有点危险，只能靠一点点的内部身体保持湿润）。还有脖子上有一圈起皱褶边的蜥蜴，以及能在水上跑的耶稣蜥蜴。

然后是皮肤松弛的大蜥蜴。想要变大，皮肤就得足够松弛，这样被撑开时才不会撕裂。当他们遭到猎捕时，大蜥蜴——莫哈韦沙漠[1]上一夫多妻的素食主义鬣鳞蜥——会一扭一扭地钻到石缝中，接着开始膨胀。短尾猫希望大蜥蜴能爬进他们的喉咙里，大蜥蜴却卡在了石头的喉咙里。

其他蜥蜴靠隐身术来躲藏，也就是让自己融入环境中，就像1846年以前隐秘在星群中的海王星[2]。有些蜥蜴长得像树叶，有些长得像树干，还有些则像荆棘和甲虫。隐

---

[1] 莫哈韦沙漠（Mojave Desert），位于美国加利福尼亚西南部。
[2] 海王星（Neptune），太阳系八大行星中离太阳最远的行星。

身术的秘诀在于把自己置入相似的事物中,而那里又没有谁期待你的到来,就像跟立陶宛农民在一起的威利·纳尔逊[1]。

如果恰好长得平淡无奇,那也可能是一种隐身术,这样你无论去哪里都不会被发现。问题是你所属种群的雌性也看不到你,那你就不会有后代了。最好是能根据需要在平淡无奇和鲜艳耀眼间切换,比如有着能施展顿隐术的蓝色尾巴的石龙子。要想施展顿隐术,就要有能轻易藏起的漂亮部位,比如黄绿色的风筝或橘红色花边的裙子,或者是亮蓝色的尾巴。欢快地放风筝,欢快地穿裙子,但当你感觉到自己成为猎物时,得赶紧处理掉那些装饰品,然后欢快地变得平淡无奇,因为猎手会扑向你扔下的东西,而你此时已安全隐匿。一旦没有了夺目的蓝色尾巴,石龙子就变为土褐色,无忧无虑,返璞归真。

也许与各种难题同行的动物比没有烦恼的动物更具个性。后者不需要警惕短尾猫、海浪或丛林狼,所以不需要

---

[1] 威利·纳尔逊(Willie Nelson, 1933—),美国著名乡村摇滚歌手,经典形象是梳着两根麻花辫,跟立陶宛等东欧国家女孩的传统形象类似。

褶边、侧翼、行动飞快的软足或可拆卸的蓝色尾巴，他们也不需要揳入石头或被看成荆棘的特异能力。他们可以不受经历影响，自然老去，而不是变得奇异却不失魅力。

杰克森变色龙是偶然从肯尼亚山[1]来到夏威夷的移民。（如果你那些从非洲邮寄过来的变色龙看上去有点干巴巴的，让他们恢复活力的最好方法可不是把他们放到草坪上：变色龙可能不屑你的篱笆，往远处的山野移居。）

杰克森变色龙的出生是降落式的，胚囊从高处掉下，树上的母亲在那里发射她的孩子。着地时，胚囊破裂，变色龙宝宝冲出来，还有点颤巍巍的。接着他们爬上树，因为他们有着擅于爬树的脚趾；他们还有长长的舌头，用来舔舐滴落在自己鼻子上的雨水，树梢上可没有水洼；他们也有能分别转动的眼球，可以同时看向地下和天上；以及灵活可变的肤色；脸上还长着三只角，这有助于对抗其他有角的同胞。[2]

---

[1] 肯尼亚山（Mount Kenya），东非大裂谷最大的死火山。
[2] 变色龙头上的角一般用来在繁殖季争夺雌性。

但是杰克森变色龙的角也会妨碍到自己。他在树枝间游荡，嘴巴大张着发出嘶嘶声，摇来晃去，用他射弹似的舌头吓黄蜂一跳。有时他的舌头也会不小心抓住自己前额上的角，他便一下子慌了，跟自己纠缠起来，疯狂地想要摆脱自己的疯狂控制——树叶如船桨般划动，一场爬行动物的独角闹剧。阳光照进蓝色的海水，在森林里交织，映射在浅黄色的香蕉、绿色的千层花、粉橙色的番石榴上，让它们着色于活蹦乱跳的变色龙：他能变换自己的颜色以匹配周围的色彩，从绿色到青绿色到嫩绿色又到茶褐色，再到斑斑点点的橄榄褐。而那样的自我斗争使这样的魅力显得可笑。善于捕捉的技能于你而言，可能也会抓到自己。你可能是你自己最大的对头。

傻瓜莲花

大多数植物都会为了配合现实而折腰。如果它们住在离窗户较远的架子上,便会努力向着光线倾斜弯曲,就像一个神秘的陌生人一直在洗衣房走来走去时,坐在客厅沙发上的你所做的那样。或者,如果它们从土里探出头来,发现自己被风中的冰粒推来搡去,大多数植物都会调整一下对自己体型的期望值。体型太沉重了,期望也太沉重了,一切都太沉重了,除了灵魂。只要你能抓紧自己的灵魂,弯个腰也没什么。

但有时候奇怪的植物,比如拟南芥,会疯疯癫癫的,为了迎合虚幻而折腰。多叶的幼苗会钻到地里——好像太阳就在那下面,你只需要继续探索——根部朝上生长,好像风中能吹过磷元素[1]似的。

当然,谁都有可能迷失方向,谁都有可能在跳火炬舞的时候被绊倒,熄灭了自己的火焰。你可以试着翻转那一小株植物——"你的根得朝下,你的芽得往上"——因为,一旦体验到好处,谁还会拒绝呢?一旦它们尝过一口富含泥炭的土壤,根须不会想要继续待在那里吗?不过这种植物不是园艺品种,而是趋地性突变体。由于地心引力,世界上的植物都把根部往下送,茎干朝上送。这种植物恰恰相反。它像一艘精神错乱的船,非要上下颠倒着航行,在水底拉起丝制的帆。无论你纠正这种植物多少次,它都会一如既往,拔起根部,嫩叶交织着回到泥土,寻找地下的太阳,寻找失望。

在鳄鱼城[2],路边小小的蓝色矢车菊展示了较为现实的生长方式——根朝下,芽往上——感觉良好:"我有妈

---

[1] 磷元素是植物所需的营养元素之一,但需从土壤中吸收。
[2] 埃及孟菲斯(Memphis)附近的城市,那里的人们尊鳄鱼为动物之宝。神圣的鳄鱼派苏措(Petsucho)有自己的庙宇、游泳池和沙滩,而且他每七十年左右就换一个新身体。——原书注 [鳄鱼城即现在的埃及法尤姆(Faiyum)地区。古埃及的鳄鱼神索贝克(Sobek)有不同形象,派苏措就是其中的一种鳄鱼身形。——译注]

妈那样的花瓣！""我有爸爸那样的花丝！"它们的未来没有冰雪，也没有精神错乱，更不用靠弯曲变形来追逐太阳。不像那些室内盆栽植物，对矢车菊来说，太阳可不是个神秘的陌生人。相反，太阳仿佛被它们吸引，甚至迷恋着它们，如此热烈，以至于为它们落下日光！啊，夺目的蓝！啊，耀眼的蓝色花朵！也许太阳还想跟它们一起度过夜晚，而不总是继续去往彻尔莱斯基沙漠[1]。可太阳永远无法度过夜晚。

有一些矢车菊会被摘下用作婚礼上飘洒的碎花，有一些会用来制作舒缓疲劳的眼药水，还有一些用来赋予逝者活力[2]。而所有的矢车菊都能为蜜蜂之类的昆虫增添活力。它们似乎是现实倾向和诗意性情的完美结合。

但是这些随和的小碎花没有预见到一点，那就是鳄鱼神会在这一年因衰老而亡，一场纪念他的重大踩踏事件和另一场迎接新任鳄鱼神的重大踩踏事件将随之而来。狂热的鳄鱼城公民会踩过那些不追寻失望的花朵。（跟踩臭鼬

---

[1] 彻尔莱斯基沙漠（Strzelecki Desert），位于澳大利亚南部。
[2] 有的木乃伊胸前的花环上会有矢车菊。

蓝色矢车菊,彩色植物插画(1753)

的人不同,踩花者并不是故意的。)几乎没有花朵能忍受践踏。每逢鳄鱼继任年,在池塘里盛开的花朵要比在路上开放的花朵幸运许多。即使是最狂热的参拜者也会留心绕过池塘。

在远离宗教运动的地方,睡莲的根茎正躺在池底的泥淖里积蓄能量。问题是,水下的根茎是会浮起的:把湖面上确定你矩形泳池范围的浮标放到水下埋在沙地里试试看。睡莲根茎长出牵引根把自己拉进厚厚的淤泥里藏起来,但这类漂浮品种会因为过早出水而陷入危险,就像一位不带火箭出发的宇航员。如果它们埋得不够深,疙疙瘩瘩的凸起物就会自告奋勇地冲出泥地浮到表面——依然是睡莲,不过是远离本职的睡莲。很多潜在的花商都有自己别样的表现形式——比如从事篮筐编制业,或是像强盗一样抢钱——但是漂浮在池塘表面的睡莲根部用处不大,甚至无法用来测定矩形,因为过不了多久它们就会湿透、分解、沉没。有时,有所约束是好的。如果我好好待在自己的蛋里,那我可能会是一条危险的青龙。

睡莲本就应该从淤泥中升起,但不是像准备不足的宇航员,而是更像背着满满一包横档和板条的人,一边往上爬一边组装它的梯子,一级接着一级。浮在这些攀爬组装体上方的是一片巨大的叶子,像经书一样从两边卷起。一旦它触及水面便会舒展开来,让绿蜻蜓和跳来跳去的幼虫兴奋不已。睡莲浮叶日[1]能让很多疲惫不堪、漫无目的的生物高兴起来:蜗牛、海绵、水蝎子、弹尾虫、迷你蛤蜊、豆娘、小鸡、仰泳者[2],这些没有岛的岛民。

从浮叶日开始,睡莲通过叶子上的小气孔吸取新鲜空气,再传送到空心的根茎内。它们的呼吸方式毫不起眼(不像手风琴)。但会呼吸的植物也会被淹死——睡莲的浮叶是不能忍受被溅上水花的。如果有一座喷泉搬到它们的池塘,并且它们没有机会晾干自己的话,睡莲会变得棕黄、枯萎,直至消散。然后岛民们就不得不回去流浪。

被水溅到的荷花却像是被水淹没的鸭子。荷花的叶子是防水的,所以池水会像珠子一样滚落。向池塘投掷你

---

[1] 从破卵而出的那一刻起,我们的灵魂就渴望见证这样的辉煌。即使我们的视野模糊,我们也可以感知它,我们知道自己不是为了水龙卷、巨浪、波涛而生的。当睡莲浮叶开始铺展时,我们叹道,啊哈,啊哈。——原书注
[2] 仰泳者(backswimmer),一种昆虫的名字,即仰泳蝽,此处作双关用。

的铁砧、炮弹、巨石吧：荷花绝不会被淋湿！而且，荷花的茎干会一路向空中生长，而不是在到达水面的前一秒就松开自己的梯子——睡莲是这样做的（傻瓜莲花）。荷花叶悬于离池面六英尺高的地方，好像古代威尼斯的达官贵人。这就是为什么荷花连水灾都能承受，这也是为什么很多河马会在荷花湖里打盹而不是芹菜地里。在圆溜溜、绿油油的褶边华盖下，河马可以低低地躺下，假装自己不存在，也可以作为大型不明物体在其中漫步。他们可以保护起自己粉色的柔软耳朵，让它们不必被火球似的太阳灼伤。唯一的问题是风暴来临时，轻轻摇晃的遮阳伞会开始使劲拍打你，仿佛穿草裙的姑娘开始围着你跳碰撞舞。

狂风过后，河马遍地，好似受到观众热烈欢呼的女高音歌唱家，头上沾着花瓣，臀部装饰着绿植。他们像是过去埃及人去往永生时随身携带的迷你纪念品，那些蓝绿色的陶瓷小河马，还有荷花、莲叶、蚂蚱、灯芯草和芦苇来为他们做点缀。

但是河马很快就从拍打和装饰中恢复过来，巨大的体形使其耐风，就像泥岩、乳齿象和泽姆齐勒——波美拉尼亚[1]的公爵。幸运总是眷顾重量级的动物，他们可不会被打倒。而荷花是不耐风的。它们的茎干是空心的，而且像魔杖一样纤细。即便你能任意使用你的魔杖——你可以进入另外的空间；使某人睡得更沉；挑出完美的南瓜（熟透的南瓜被捶打时会发出空洞的声音）；来回挥动直到杖尖出现一朵令人心悸的粉橙色花朵；在谱架上敲击，为那些爱在晚上合唱歌曲的邻居打拍子；以及吓唬一头河马——但魔杖易折，以之施展魔法才更耐用。

不过，不是只有巨型动物才能耐住风暴。大藻在这一点上也做得不错，因为它没有什么坚定的立场，反而有着松散、悬摆、便携的根部。同样的一场大风会打下荷花的花朵，会用花朵拍打河马，会让树梢上摇啊摇的宝贝滚下去[2]，但只会让大藻觉得像是冬绿树在跳曳步舞[3]。它旋

---

[1] 波美拉尼亚（Pomerania），中欧古地名，现位于德国和波兰北部。
[2] 原文为"rock-a-bye babies tumbling down from the treetops"，化用了摇篮曲"Rock-a-bye Baby"的歌词，它的开头歌词为"Rock-a-bye baby, on the treetop. When the wind blows, the cradle will rock"。
[3] 英文为Teaberry shuffle，Clark's Teaberry是一种20世纪60年代流行的口香糖，其广告曲名为"Teaberry Shuffle"，广告中的人物会随音乐跳起舞步。

转，跳跃，甩动自己荷叶似的叶片，仿佛幻觉般擦过这片咸水湖。而且大藻所到之处都会留下后代，所以它是不会消亡的。它不存在终点。

可季节总有终点。大藻耐风却不耐寒。不像在水下弓着背的婆婆纳或是直面寒冷的珍珠菜，大藻只能绝望地冻僵。冬季是它的结局。想象中，大藻也许可以赶上佛罗里达方向的洋流，像巡演的马戏团一样去萨拉索塔[1]过冬，但是大藻在佛罗里达州是非法的，所以它得想办法不被当局发现才行。哎，事情不总是这样的嘛！——你在不朽的同时也是不合法的。在另一种过冬的情境中，农民也许会摘走大藻，把它放在朝南窗台上的碗里漂着，然后在六英寸高的地方挂上一个灯泡，定期给它用氯化钾。不过人们大都觉得他们并不能胜任这项工作。

如果想在碗里养点什么，多数人会选择种一株微型碗莲，它的花朵看起来好像小小的粉色亚布罗契诃夫电烛[2]。所有的荷花在花瓣凋落后都会剩下像盘子一样的种子穗，

---

[1] 萨拉索塔（Sarasota），美国佛罗里达州西部城市。
[2] 亚布罗契诃夫电烛（Yablochkov torch），多被称为 Yablochkov candle，是由俄国电工技师亚布罗契诃夫发明的一种炭棒电灯。

每个孔里都有一粒种子。盘子在头几天会自己保持平衡，接着便会翻倒，把种子都撒出来。一些种子会掉到碗里，继续在容器中的快乐生活。一些会跳出窗外，在后院的水洼里绽放。另外一些可能拌着食用糖和花生油一起被捣碎，做成甜面团塞进豪猪形状的面包里。还有一两粒种子也许会不小心掉进贝加尔湖，世界上最深的湖。在贝加尔湖底发芽的碗莲需要非常努力地适应现实，这里不是指弯曲或变形，而是指尽可能地向上挺拔。它们能够长到十三英寸高，但这样的高度还是无法触及水面。它们无法打开遮阳伞或电烛灯。你可以试试只背着十三块横档往月亮上爬。

　　某一粒种子或许会落到一口枯井中，在里面躺上一千年。荷花种子有着非常厚的壳，能让它们等上千年才发芽，等到时机刚刚好的那一刻。身为这样一株蛰伏的、有着精致粉色花瓣的矮小玉鹂荷花是什么感受？也许与蛰伏的珍珠菜，蛰伏的轻狂大藻，以及在这个宜居的世界里注定要为难自己的蛰伏的趋地性突变体感受类似。在满是灰尘的井底蛰伏是什么感受？也许与在海王星或水星上蛰伏的感受类似，风速在前者上达到每小时一千二百英里；太阳对后者来说,更像是纵火犯,而不是好朋友。

蛰伏一千年又是什么感受呢?也许与蛰伏一百万年的感受类似。或是与蛰伏一瞬间的感受类似,当世世代代的亮蓝色矢车菊在盛开后被摘下,与浅蓝色的睡莲花搓捻在一起,轻轻地挂在谁的肩膀上,与他的头发交织,在他细瘦的手指间滑动,和旁边的蓝绿色河马[1]——他的后腿折断了,所以旅途中没有太闹腾——一起成为地球纪念品的时候。

---

[1] 此处指的是大都会艺术博物馆收藏的埃及河马雕像。在古埃及文化里,河马是最危险的动物之一,它对河中行进的小船发起攻击,在神话中,死者在往生的水路上也会遇到它。因此,无论是生前还是死后,人们都要对它这股自然界的强大力量给予安抚和控制。雕像在被挖出时是一对儿,而且河马的三只脚都被故意截断,以防它对死者的亡灵构成威胁。现展品已被修复。

白睡莲,出自《植物志》(*Flore Médicale*,1814年第1版),托宾·皮埃尔·夏弥顿(Turpin Pierre Chaumeton)绘

惊奇之酒

不是你在水里看到的所有昆虫都是水生昆虫。有一些也许是从竹子上掉下来的竹虫,或者是岸上的虫子被冲了下来。环境并不能确切定义什么,因为可能存在偶然性。一个坐在风琴旁边的人并不一定是风琴手。确认一种生物的秘诀是注意它的能力和领域:同样的昆虫,在饼干上很机灵,在水坑里恐怕就傻乎乎的。

豉豆虫可以在水面转圈、疾走、滑行、旋转。它们可以到处扑腾摇摆,摆动四条勺状的后腿以卷曲的轨迹游动,频率高达每秒六十次。严格说来,它们并不旋转,它们只是一小圈一小圈地划动。旋转意味着扭动身体的能力,或是由别人来转动你。狂喜中的人们随心而转,有着灵活脊椎的海豹也能自己旋转。但甲虫只能转圈,就像西瓜子组成的迷你赛艇队。

水的表面湿滑又结实，对豉豆虫来说是个理想的平台。在面团和威士忌的表面上，它们就转不起来了。它们只会黏糊糊的，或者沉下去。但水上的豉豆虫极其老练：除了划动那四条后腿，它还能以翅作桨，绕着长长的前肢或硬化的鞘翅旋转，无迹可寻地滑过水面或扯出一圈圈延展的水波，寻找甲壳类动物和其他食物。

豉豆虫是次级取食者，也就是说它们会取食于其他取食者，比如孑孓和水蚤。它们通过回声定位来捕食猎物，这不同于回声言语[1]，不是那种你不由自主地重复听到的一切的情况。蝙蝠通过回声定位来定位苍蝇，咔嗒咔嗒地发射声波，声波碰到一只苍蝇后便会返回，这样蝙蝠就能知道苍蝇的位置，以及它是多肉多汁的，还是又硬又脆的。人类也能以回声定位：他们能回声定位大峡谷的峭壁。峡谷峭壁患有回声言语症。

豉豆虫所做的跟咔嗒咔嗒的蝙蝠一样，只不过它们用腹部轻叩水面后发出的是水波。（无论你有多微小，你的

---

[1] 回声言语（echolalia），多译为模仿言语，被认为是精神错乱或失语症的征兆或症状。与上文回声定位（echolocation）的英文类似，故译为回声言语。

波纹都会扩大。）当水波遇到水蚤返回后，甲虫会用它们灵敏纤细的触角感知，然后嗖的一下追上那些微型甲壳类动物。如果没有触角，它们会像浴池玩具那样无知无觉：曾经有一位实验者去除了几只豉豆虫的触角，于是有的猛地游向浮木，有的猛地游到岸上，还有的猛地游向天鹅。

因为总是聚在池塘里某几个固定的地方，豉豆虫与当地的鱼类达成了某种共识：离我远点。当它们被打扰时，豉豆虫会散发出一股苹果般的气味，这种气味会令鱼类作呕。所以如果豉豆虫总是待在某一个地方，那么鱼类就会注意避开这类群体。但清晨时你会发现豉豆虫没有待在它们的指定区域，而是遍布整个池塘，一串串地静静滑过，几路纵队随着成员越来越多变得越来越长，仿佛入夜前成群结队回归星座的星辰。

既然豉豆虫得在早上再次集结，那么它们晚上都去哪里了呢？即使白天的它们以两百名成员兄弟会的形式存在，夜晚还是会散开来，因为黑夜让捕食者无法看见它们。也许在一个无鱼的世界里，两只豉豆虫兄弟会不断拉大它们个体间的距离，直到一个住在此湖，另一个住在彼湖。

豉豆虫几乎一生都在水中——圆柱形的卵黏在睡莲叶下面；有着穗状鳃部的蠕虫状幼体追踪水下的食物；接着就是划艇似的成虫。不过作为虫蛹时它们是挂在空中的，用腹部的钩子扣紧水草。它们在前一个阶段扣紧自己，然后悄悄地长出坚硬的头部、结实的上颚还有附带的嘴部，穿戴好厚厚的鞘翅来保护它们真正的翅膀。

然而还有两个时期的豉豆虫是不在水中的。如果池塘干涸，它们只得不情不愿地飞来飞去找寻湿地。当冬天逼近，池水变得钢铁般冰冷——坚硬而不易弯曲，不能再传导微波，总之对划艇来说是个挺糟糕的地方——它们会钻进泥里过冬。豉豆虫变得跟地下那些漠然的生物一样，赶走错综复杂的分类树形图上不同于自己的分支，在烂泥里你争我夺。特别的触角荒废了，真正的翅膀没用了，垫状的足部僵硬了，豉豆虫似乎彻底适应了这里的生活。

不过除了能力和领域，在辨认某种生物时还有一点需要考虑，那就是季节。泥土里的某些动物是属于泥土的，另一些则只是在耐心等待。最好等到春分时再确认谁是谁——等到太阳跨过赤道，雨水滋润大地，温暖打破冰雪和冷漠，黑黝黝的甲虫从泥床游上来，游过浑浊的池水来到闪闪发光的水面之后。冰化成水就像水变成酒。在泥土里待上好几个月后再回到梦幻的水面上打转,那感觉一定像是饮下了令人惊叹的美酒。

当树渴望成为树

在长出第一千片叶子之后，树决定停止生长。"够了，"它低语，开始扔掉还没长牢的嫩枝和破旧的鸟巢，还把小鸟们甩出去，"我真是一棵糟糕的树！一千片叶子足以证明这一点！我长得又慢又瘦，我的叶子也黯淡无光。我从来没有开过一朵花，从来没有结过一粒杏，从来没有长出过一颗橡子。小鸟给我走开！我是一棵假树！我要做一根柱子，如果我能甩掉这些累赘的树枝。"然后树木便上下摇晃，剧烈扭动，尝试一些弹射操作来摆脱它的枝干。成功扔掉的东西不太多，除了一些叶子和一只蝴蝶，而且它们其实一动就掉，然后渐渐飘远，而不是嗖的一声从空中落地。所以接下来，树开始把自己往地上摔。这下它的树枝确实大多折断了，可没有全部掉下来：这种纤维性的材料不那么容易松弛，也不那么容易分裂。现在的树上挂着吱嘎作响的断枝。树吓到了,以为自己又长起来了。发觉自己只会长出更多的自己后,它哭喊道:"我必须逃离阳光!我必须逃离雨水!"它试着沉入泥土。但是树铺展开来的根系让它很难把自己压进土里,这比把自己从土里拉出来更难。所以树最终就这样站在那里,在傍晚的阳光下,枝叶残败,筋疲力尽。旁边的树看着这棵树发疯,没有多说什么。它们以前也见过这种可怕的事,当树渴望成为树的时候。

大橡树以及暴露的根,雷米希奥·康塔基里亚(Remigio Cantagallina)绘

爱

慵懒之爱[1]

到了3000002012年[2],仙女星系也许会撞上银河星系。这乍听上去很可怕,仿佛两个鸟群的冲撞。但飞行中的星系成员相距遥远而非紧紧相贴,所以在星系碰撞中,星球们是不会真的撞上的——就像两支纵横交错的管乐队,只会在间隙处重叠。(啊,像星系那样相交却不相残吧。可之后我们将不得不拥有更多的天空。)星球之间的距离

---

[1] 本篇的四个副标题分别为Love-in-Idleness(三色堇,字面意"慵懒之爱")、Love-in-a-Mist(黑种草,字面意为"雾中之爱")、Love-Lies-Bleeding(千穗谷,字面意为"失血之爱")及Love-Bind(葡萄叶铁线莲,字面意为"缠绕之爱"),均为植物名,且四种植物的英文名称都以love(爱)开头。
[2] 原作写于2012年。

太过遥远,以至于成千上万的星系必须汇聚集中,以免碰擦。

但与单簧管乐手之间的空隙不同,星系里的空隙有时是可燃的。如果啮合中的空隙发生爆炸,那我们跟仙女座相遇时,还会陷入险境。那感觉像是被火焰抽打,而这会扰乱地球的生物圈——到处翻寻的海龟,打哈欠的兔子,还有结满樱桃的树。地球以后只能一圈一圈地沿着既定的路线蹒跚而行,荒凉破败,毫无意义,失去它美丽的皮毛和负担。

不过考虑到那么多支离破碎却依然丰富多样的原材料,一定有一些物质能够重组。那么地球生物界的哪些事物会最先回归呢?不是那些需要修修补补才能出现的东西,因为一开始是不会有修理匠的。比方说,我们可以预见精巧玲珑、毛茸茸的小狗需花费几个世纪才能回到地球,还有巴比伦的空中花园也是。衍生物不仅需要很长时间衍生出来,并且衍生出来之后,它们通常还需要饲养和培育。就算一只小毛狗真的凭空出现了,也不会有人给它洗澡,用纱布摩擦它的小牙,帮它修剪脚掌间的软毛。脚底毛茸茸的话是很难行走的,小狗会滑进不知道什么鬼地方——沥青坑？类似地，没有管理人的话，空中花园不久就会变成空中杂货堆。

如果同时培植蝴蝶花和蝴蝶花旁边的杂花，也就是野生三色堇，比赛谁会在这个枯萎的行星上最先重现，那三色堇——也叫作爱懒花——肯定是赢家。虽然蝴蝶花丰满明艳，它的构造其实更不稳定，更像泡沫。蝴蝶花容易染病，除非定期分簇，不然根部很容易腐败断裂。所以，在它们重现之前，世界上必须先配备好尽心尽责替蝴蝶花分簇的人。尽管标准宽松的三色堇在阳台花坛时代因过分杂乱、随意生长而被我们摒弃，但在这个失去了阳台花坛的世界上，三色堇的乡土习性却带来了优势。爱懒花甚至可以期待蓟马、蜜蜂和雨蛾，尽管这些有用的昆虫是阳台花朵繁殖的先决条件，但爱懒花自己就是个播种机。

所以，当迟来的喜鹊、白鼬、野鼠、棉桃重聚，它们便没有理由沮丧犹疑——它们将无忧无虑地从头开始，因为绿意已经遍地。爱懒花，那轻率、任性、繁杂的野草，那质朴的花朵，那在此之前不被重视的植物，已在地球上纵情交织。它在星系碰撞前无忧无虑地生长，在那之后也会如此。

除了某种曾在名不副实的地球——篱笆底部、积雪的巨石场、黑刺李灌木丛——上自得其乐的植物，谁还能在如今名不副实的地球上生长？除了某种偏好峭壁和浅滩、北风和南风、干涸的劣地和潮湿的水坑、春夏和秋冬的花朵，某种无论何地只要找到一片土壤就能生根——即使是布满青苔的岩石缝中的泥浆，仿佛它就是要生长，不断生长——的花朵，谁还会冒险来到一个连飞蛾都没有的星球？其他花朵都对自我有着精确定位，而爱懒花却是混杂多样的。它并不有序如冰，而是八方蔓延，仿佛融化后的水。

那么，当经历仙女座毁灭事件后的地球开始修整时，爱懒花会是最先回归的，和月光一起。因为爱似月光般慵懒，且均无条件。

雾中之爱

黑种草经常被种在景观花旁边。黑种草本身也是景观——花朵蓝得像丛林中的蝴蝶，却被针叶遮挡。拨开它薄雾般的针叶，黑种草的花朵仿佛三三两两的折纸星星。

但是，被遮挡的蓝色花朵看上去像是任何一种蓝颜色的东西：可以是短柄壁球，或是箭毒蛙，还可能是挤在叶片中透不过气的小小异端。

黑种草低调含蓄且绿意盎然，所以对浮夸张扬的植物们来说，是绝佳的邻居。如果你是橙色的拖鞋花、紫红色的矢车菊或丝光白的褶皱牡丹花，你就会想跟黑种草做邻居。你会是珠宝，它会是木椟。为了回报它衬托出你的魅力，你可以每天早上都这么开导它："现在世界上最大的需求，是对谦逊花朵的需求，也就是温顺的花朵，那些不屑被人关注、让绿叶覆盖它的花朵。"

因为被包裹住了美貌，黑种草允许人们重新部署夹在牡丹花中间的它们。当我们看着褶皱的牡丹花时，我们只能想到褶皱的牡丹花，看着树蓝蓟时也是如此。插入的若不是黑种草这种植物，我们的感觉会像打喷嚏似的突兀无理："牡丹！牡丹！树蓝蓟！牡丹！"牡丹花起皱的花瓣令人心动，而爱在薄雾中蔓延，让我们能静赏牡丹之美。

为什么爱变成了雾中之爱？为什么它遮掩了自己的身姿？它真心顺从于那些招摇的花朵吗？它难道不是一种对

雾中之爱,黑种草图谱,荷兰画家斯维尔特·伊曼纽尔(Sweert Emanuel)绘制

巴巴罗萨[1]——溺毙于萨列法河,铁青的脸庞周围缠绕着拖他下水的海妖那草绿色的发丝——的纪念?或者黑种草这样盛开只是因为它经历过些什么,就像许多爱意最后变得踌躇羞怯,盛开的同时却蜷缩遮掩?不是所有爱意,也不是所有花朵都有坚如磐石的花瓣。黑种草的花朵决定不再敞开自己,也许就像泳者立下决心避开有蛇出没的池塘一样。

我们曾把黑种草送入太空,观察宇宙环境对它的影响。地球环境似乎是黑种草的蓝色花朵退居绿云般轻软的叶片之下的原因,因为在地球上,毫无遮蔽的花朵会被日光伤害,被雨水打磨,被冰霜摧毁。但宇宙是友善的,它不会以强扭花瓣的阵阵劲风迎接薄纸似的爱之花,而是温和安抚。

我们的黑种草从宇宙回到地球后,并没有什么变化。

---

[1] 弗里德里希·巴巴罗萨(Friedrich Barbarossa, 1122—1190),神圣罗马帝国皇帝腓特烈一世,又被称为"红胡子"或"巴巴罗萨",是德意志历史上著名的政治家、军事家。他溺亡于现土耳其境内的格克苏河[Goksu River,也就是下文的萨列法河(Saleph River)],但具体死因不详。

黑种草,出自16世纪欧洲古书《了不起的书法古迹》

如果它待上一周多,可能会突变成冲破薄雾的爱之花,星形的蓝宝石会从绿色的怯意中升起,重拾自信的身姿。然而如果在太空中平静地度过几个世纪,宇宙中的黑种草可能会再次变成宇宙中的雾中之爱。它在地球上受过太多苦难,以至于永远无法舍弃那种偎依,永远无法拨开周围的薄雾。

失血之爱

我们知道,通常花朵在经历了粉色或黄色的狂欢之后会继续支棱一个星期,再回到只有茎干的样子,枯萎凋谢,无人问津,除了觅食的鹿。比如阿开木的花朵,一次性地发光发热,接着就投入到结果任务和插种服务中去了。但千穗谷从发芽时起就像颗红宝石,成熟期更像红宝石,之后越来越像,越来越红。

装点一座雅致的花园跟装点一件雅致的礼服差不多,人们会将穗状流苏置于边缘。所以我们会在花团锦簇的花园边上,在那些长满柳穿鱼、胶草、绿翅草甸兰花、藿香、鸠柱兰、冰岛藓的花园边界上,看到深红色的千穗谷。

千穗谷[1]，也被称为失血之爱，它被种在花园边缘，不仅因为穗状的花朵，还因为它一定会好好待在它被种下的地方，不会重新调配自己。千穗谷理解园艺学的意图所在。相反，如果你决定在花园边上种下兰花藤或蒲公英，它们会像无根无系的植物一样失约。真的有这么两种失约的方式：兰花藤的方式和蒲公英的方式。兰花藤会叛变，就像泡沫和运气。蒲公英呢，会像秘密一样逃走：肆意蔓延。在你的花园周围种上一圈蒲公英为界，那么这里不久便会变成蒲公英花市。

千穗谷不会这样失约。它就待在它被种下的那片区域，不会花费精力到处撒种，在你的花园里举办穗缨展览，也不会突然撤离，而是开始出血。现在大多数献身流血的人最后都会比开始时苍白无力。如果雀鸟和鹬鸟的身体被扎了一个洞，它们很快就会流完体内那几茶匙的血，像扫帚毛一样干枯。小小的雀鸟耗尽得太快，以至于在被

---

[1] 原文在此处及前文都是用tassel flower一词来指千穗谷，而tassel flower实际上指一点红，与千穗谷（love-lies-bleeding）并不是同一种植物。

穿刺后的那几分钟内，它们只能在梦中回到自己有血有肉的日子：梦之雀鸟。

有这么几件事是你能够永远做下去的。如果井道足够深，你就能永远下落。你能够永远忘记，永远崩溃，也能够笑上很长一段时间。但是你不能一直失血——你不能，柑橘树不能，黄嘴朱顶雀或树鹨不能，橙喉雀、绒顶唐纳雀或丽鸫也不能，任何血管中涌动着不断循环、富含细胞的温热血浆的生物都不能。要么你的伤口愈合，要么你被掏空一切。

只有爱能够永远失血，只有爱有无尽的血液。只有那下垂的纤细穗状流苏之爱能够一直流血，却越开越盛，越开越艳，越开越红，绝不会耗尽，也绝不会面如死灰。如果爱只是被踢了一脚，变成了凹陷之爱，也许几天之后就会再次丰满起来。但是当爱受了重伤，似乎无法愈合——在损伤处长出替代组织——也无法干涸。千穗谷的另一个名字是不凋花，不凋意味着永恒与不朽，甚至当不凋花凋落在地上后，它的花瓣也依然是最明艳、最具血色、最流溢的红。

失血之花,千穗谷,彩色植物插画(1896)

缠绕之爱

葡萄叶铁线莲像是土猪似的。一种十分猖獗的植物，每季度狂奔十米，每一年撒下上千颗种子。它联结了整座森林，将之包裹缠绕。森林，你在吗？我们所见的只有各种形状——椴树的形状、乳香黄连木的形状——被难以抑制的绿色爱意吞没。树木啊，经年累月地慢慢层叠，柔软浅褐的边材酝酿为坚硬乌黑的心材——一季之内就会被打败！一旦成形，一旦指尖缀满精细的枝条和花苞，你就只能沦为爱意蔓延的支架。

亲爱的，跟着你那跑走的驴子时可要当心，不要在这疯狂的绿色森林中被迅疾的爱意闪电袭击，变成又一个形状。因为葡萄叶铁线莲会压倒一切，除了跑得最快的驴子主人。苔藓和蘑菇群落在葡萄叶铁线莲面前无法自保，只能按兵不动。

如果能集结我们自己的密尔弥多涅斯人[1]，派他们带

---

[1] 密尔弥多涅斯人（Myrmidons），希腊神话中跟随其王阿喀琉斯（Achilles）参加特洛伊战争的塞萨利（Thessaly）地区的人。

着尖刺、长矛、毒药跟葡萄叶铁线莲干仗[1]，他们可能也会变成各种形状：被绿叶覆盖的密尔弥多涅斯形状。在葡萄叶铁线莲这样的拦路虎面前，魁梧的装甲战士也很危险。那种危险就像柔弱的德律奥佩仙女[2]会被变成发抖的杨树，或是沙滩上弱小无害的动物会被海浪卷走。葡萄叶铁线莲永远不会枯黄，它永远在延伸，永远在缠绕，仿佛从某架疯狂的纺织机高速运转的织针之间喷薄而出。

小核果和画眉草这类通情达理的植物就很不一样！对于它们，我们需要耕作，需要锄地松土，除掉杂草，放入荚果，并祈求上天。如果老天乐善好施，我们精心培育的小东西可能会从种子中稀稀疏疏、摇摇晃晃地长出。如果你有时间的话，可以做一个简单的比较植物学实验：在园地里坐下，记录各种植物长到你这里的顺序。大约十年以后，小萝卜会从东边爬过来，和萝卜大臣[3]一起。小萝卜像

---

[1] 怎么了，像密尔弥多涅斯人这样的职业打手会去跟开花的藤蔓理论——交换意见、旁征博引、据理力争——吗？我不这么觉得。——原书注
[2] 德律奥佩仙女（Dryope），希腊神话中被树精变成白杨树的仙女。
[3] 超级大亨，小萝卜只会雇佣最好的家臣对它们大献殷勤。萝卜内阁是一个高收入且高要求的机构，很难进入，一般为世袭。——原书注

是贵族，它们讲究排场。三年之后，你可能会在脚边发现一些黄瓜，还有除草机、赶虫人，捧着湿度调节器的随从陪在一旁。但再早些时候，更早更早的时候，飞快蔓生的葡萄叶铁线莲已经爬到你身边，围住你，盖住你，再继续向前！杂草般蔓延的爱意几周内便抵达你的身边，无须一帮园丁，只要一阵猛攻，他们自己支援自己！

如果风吹得足够远，也许月亮也会被葡萄叶铁线莲遮盖，因为地球上最苍白、最似月的事物——苦工和苦工的坟墓——就曾在葡萄叶铁线莲的地盘被包裹。继而在各种各样的形状中，你会看见苦工形状的爱和坟墓形状的爱。甚至星辰也可能被拽入这种爱意的全覆盖行动中，南十字座和角宿一尖锐锋利的星光或许会被交织的叶片遮挡——德律奥佩似的星星——只要播种的风不仅停驻在地球上，只要星辰不离大气层太远。

葡萄叶铁线莲把一切都变成了可疑的绿色雕像。曾经清晰分明的芒果丛，曾经干净漂亮地刻着一圈菠萝的餐具柜，曾经整洁时髦的衣帽架，通通都被阵阵涌来的爱意包裹得模棱两可。被爱束缚后就不再整洁漂亮，不再凿有花纹，不再引人注意。看到一个神秘的绿色瘦削身形时，人们可能会想:"是特泽尔那个酒馆小伙?宾斯坦那个桶工?还是维克特里德那个傻瓜?也或许是灰胡桃树的秧苗?"泼洒绿意的爱让鸟巢变成曾经的鸟巢,夏威夷刺桐变成曾经的夏威夷刺桐,家具店变成曾经的家具店。一切都成为曾经。这样看来,葡萄叶铁线莲像是时间,消解所有。

不过,曾经也许并没有那么渴望脱身。从外面看,那像是一套单调乏味的戏服,但在里面的感觉可能不一样。也许葡萄叶铁线莲不仅包裹,还会引诱,甚至同化。也许支撑着它的事物,想的不是"离我远点,亲爱的,我可不是什么大梁",而是"给我绿意吧,亲爱的,让我变绿,别离开我,用你放肆热切的重量缠绕我。我曾经功成名就,现在也是功成名就的杂草,看起来却跟那边的傻瓜杂草没什么不同。但我仍旧不希望与这令众生平等的叶片分离,因为曾经的我内心一片苍白,而现在的我满心绿意,不断蔓延"。

每个季节都有很多种方式让你动弹不得,没有例外。如果是冬天,你会因冰雪而动弹不得;如果是春天,你会因为火雀的乐曲、菲比霸鹟的歌声或小狐狸的尖声创作而惊艳地呆住。如果是夏天,你会因为不断攀爬、藤蔓缠绕的葡萄叶铁线莲而动弹不得,像德律奥佩那样一片接着一片地变成绿叶。因为爱,猛烈的爱,会让一切事物化为叶片。

缠绕之爱花仙子,取自《花仙子故事集》(*The Flower Fairies*,1927)

请不要对海参大喊大叫

长骨头有一个好处,不会每次撞上什么就改变路线。你基本能够自己决定路线。长骨头也令发声成为可能,比如敲打和说话时,不会只是风中的唰唰声。

但是,当你长着敲打骨头和说话骨头时,你便应当去敲打和说话,而不仅仅是"唰——唰——唰"。每种骨头都有它的责任。而且,拥有决定权也意味着社会压力:可以往南也可以往东的动物会被要求回答它们为什么要往北。想想凤头麦鸡的额外责任吧,它还能往上呢。

而水母就不太能为它们的所在位置负责。如果你是由黏液组成的,就算你突然产生了巨大的责任感也没什么用。水母的确会鼓动它们的伞膜,但这点影响跟海洋的影响力比起来,实在微不足道。比方说,诞生在太平洋中心的水手水母会随风而动,要不将帆倾向右侧,要不倾向左侧。所有向右扬帆的都被吹到加利福尼亚,所有向左的都往左。

当水母真的成功将自己移动到某个地方,通常也是往上,或往下——就像倒立水母:出生时小小的一只,自由游动,然而一旦长到两厘米大,就会颠倒过来,径直移动到海底后黏在那里,摄食触手像海藻一样向上浮动。对水母来说,拒绝漂移的唯一办法就是让自己扎根。一路往下,停住,倒立水母尽水母所能地远离涌流。

其他水母大多无法停止漂浮。沙滩上那些死去的水母一般都是从水里漂上来的。漂上来的水母跟落入水中的伴娘头饰情况类似。在水中时,水母看上去像粉绿相间的花帽子、明亮欲滴的蛋黄和狮子的长鬃毛[1],但在海滩上,它们看起来就像正在溶解的塑料袋。

不过,塑料袋的外观也会随着所处位置而改变:在水中,它们像月亮一样美丽,所以海龟会误以为是月亮水母而把它们吃掉。吃塑料袋而不是水母,这让海龟的眼睛免

---

[1] 确实有三种动物根据其形态被命名为花帽果冻水母(flower hat jellyfish)、蛋黄水母(egg-yolk jellyfish)及狮鬃水母(lion's mane jellyfish)。

于被水母触手蜇刺而肿得睁不开。但塑料会导致摄食者严重消化不良，而这往往让弄错的海龟丧命。

有时候，塑料袋扮演月亮水母，月亮水母则会被弄到日本的沙拉里去（乍看之下，水母的味道或许很诡异，但事实上尝起来像蓝色橡皮筋），或者被转移到水族馆。曾经，还有两千五百只月亮水母被选入太空登月计划。它们被美国宇航局送往宇宙，在塑料袋里待了九天，因为它们能感知上下位置。

结果表明它们的重力感受器——也叫作平衡囊——在太空里与在水里一样有效，月亮水母在其整个生命周期中一直广泛运用重力。月亮水母于秋天在中水层出生，漂浮的卵子和漂浮的精子漂到一起形成幼体水螅虫。接下来水螅虫掉落到海底继续生活，像贴在上面的迷你衣领。与倒立水母类似，水螅虫"扑通"落到某一处之后便不动了。但对灵活的动物来说，海底的可控性为许多戏剧性行为提供了可能，而这在不可控的水中不是总能实现的——海水会随时动摇你，打散你，把你从对手身边赶走。

海底是紫色、橙色、红色的蝙蝠海星生活的地方，它们总是在互相打架，虽然动作缓慢——好战心可不管什么速度和节奏。在海底，还有向日葵海星踏着它那一千五百只管足向前行进，跟在紫色或红色的海胆后面想要吃掉它们。红色的海胆通常活得更久一些。有一个办法能在自己将被向日葵海星吃掉时拖延时间，那就是在它追上你时吃它的管足。遗憾的是，倒霉的水母幼体水螅虫没有办法推迟被恐怖的饼干海星吃掉的时间。

海底也是海参潜在戏剧生活的舞台。海参不会空翻，不会发光，不会呼啸而过，不会变出更多的褶边。它们也不太会跟其他动物搅和在一起——搅和常常为戏剧性事件提供重要契机。但海参也不认输，它的表演戏码独立又极端。每一年，它都会用三周时间融解自己的呼吸系统及循环系统，然后重组自身。危险在于，如果它在恢复期间遇上过高的温度或压力，那么就会变成可怜的破碎海参，喷出它软成汤羹的内心。所以请不要对海参大喊大叫。

春天的时候，水螅虫会在它们的衣领上长出小小的装饰品，也就是水母芽。水母芽会变成水母伞一路往上漂，漂离海底，漂离烦扰的蝙蝠海星和爆炸的海参，与平和的侧腕水母和持重的栉水母一起在海水里浮来浮去。

相比固定不动的水螅形态，水母的水母伞形态更为人熟知。可实际上有一些水螅体无法长出水母芽，而是把很多个小小的、简单的、普通的个体集结为类似水母的形态。比如僧帽水母，看上去是一个个体，就像列夫·托尔斯泰，但它其实是很多个体组成的群体，就像列夫·托尔斯泰。[1]僧帽水母是个合作项目——很多小水螅一起合作——所以有的水螅负责游动，有的负责繁殖，有的负责摄食，还有的充当悬垂的触手。管水母，一条比鲸鱼还长的闪闪发光的蓝绳子，也是这样的群体合作项目。

在发光这方面，很多水母只有在被戳刺时才会发光，不会自动亮起来。然而，水母的绿色荧光基因曾被成功转移到小猪身上，后者无论是否被戳刺都会发出光芒。荧光性和荧光选择权并不总是共存的。新型小猪就得永远用发光的长鼻子、大肚子来拱块菌了。

虽然水母能够随意发光或不发光，有些事情却是它们无法控制的，比如放毒。水母必须是带毒的，因为它们太

---

[1] 原文中的"群体"为colony一词，此处可能指甘地（Gandhi）在南非所建的一处修行地，为纪念托尔斯泰，被他命名为"Tolstoy Colony"（托尔斯泰之家）。

蝙蝠海星，出自《水族馆》(*The Aquarium*，1856)

脆弱了——脆弱到无法与它们的食物搏斗。如果它们的食物猛烈扭动，就会撕碎水母卷曲似纱的水彩条带。所以水母不得不具有足够的毒性，以立刻制服它们的食物。

当你没有牙齿也不擅长操纵方向时，身下飘飘荡荡的致命长饰带就非常有用了。不过，致命的饰带不像牙齿，不能帮你锁定某个受害者，所以你得夜以继日地蜇刺你碰到的一切东西——无论是能吃的，还是不能吃的。例如无害的泳者被蜇了之后，会经历"一种厄运降临的感觉"[1]，然后飞快下沉，你想吃也吃不到它。水母毒液与蝎子毒液、漏斗网蜘蛛的毒液相似，都不会令人上瘾。

现在有一种小小的银色鲳鱼能够经受住这种蜇刺，这证明了水母在某些情况下也很慈爱，甚至像母鸡一样：鲳鱼生命中的头几个月都驻扎在水母柔软有毒的触手帘内。银色的鲳鱼可能对毒素有抵抗力，因为它不仅以水母触手为居，还以之为食。（如何吃下比你自己还要大的东西？一块块地咬掉。）现在该问的是，水母主人是否真的好

---

[1] 有些厄运用力地拽着你的袖子，有些厄运一闪而过，还有一些厄运迫使你屈服。——原书注["一种厄运降临的感觉"（a feeling of impending doom）在医学上确实是一种症状的表述。——译注]

客，还是只是无知无觉？毕竟有时你不会注意到从你的胡须里游过的小鱼，而这并不能代表你有多好客。

水母究竟能感知到什么？它们会在被戳刺时亮起来，所以它们或许能够感知戳刺。并且它们肯定能感知深度，就像草裙管水母表现出来的。草裙管水母可以通过严格地改变浮囊里的气量调整自己浮游的深度：如果你能调整某种行为，那你自然能够感受到它。还有，如果你游离某样事物，与它保持距离，你可能也感受到了它。水母被海底漫游者的聚光灯照射时，会远远游开。有时它们甚至在聚光灯下融化了：融化更加意味着察觉。

推测水母感光的另一个理由是它们就住在光里面，跟番茄蛙、熊和草地一样。即便是草地，也能感知光线，虽然比较缓慢；而光对绦虫来说是毫无意义的。光芒会支撑它所包含的一切。

另一个迹象是水母会发光。当然，发射意识有时落后于发射行为，水母可能像花朵和人类一样，表达大于所知。但水母似乎是刻意发出光芒的——有时候，水母甚至会把一根发光的触手扔到掠食者身上，再把自己剩下的灯关掉，让所有人的注意力转向突然多了一条梦幻闪烁的尾巴而变得显眼的掠食者。

不过最后一点，也是水母感光的最佳证据，它们有眼睛。为什么水母需要眼睛？蜜蜂肯定需要眼睛来察看其他蜜蜂的舞蹈；鸟儿需要眼睛来观测星星；激光制导炸弹需要眼睛，所以它们才能盯紧自己的目标；大蟒蛇需要红外线视觉来感知森林中微小但散发热度的动物。蝎子和海龟也许需要眼睛，也许不需要，因为有的蝎子没有眼睛，有的蝎子却有十二只眼睛，而海龟时不时闭着眼游动。

但水母不需要交流遥远的花蜜宝藏地点，也不需要像鸟类一样利用星星导航。可它们仍然有眼睛。

大多数动物有着敏锐或敏感的眼睛：猫的眼睛里有着彩虹般的反光色素层，可以聚集最微弱的光线，但被聚集到它们眼中的所有分散的光线使得猫类无法觉察微小的细节；而鹰能发现细节，却因为没有收集闪光的反光色素层，所以必须在太阳投射的耀眼光芒下才能看到东西。福即是祸，祸即是福。因为你能看见细节，所以你便看不见光的细节；因为你能看见光的暗示，所以你便看不见暗示。如果你想要既敏锐又敏感，你就得拥有与众不同的眼睛。

水母图，生物学家欧内斯特·海克尔（Ernst Haeckel）绘制

你就得拥有像立方水母那样的眼睛，十六只感光眼，另外八只如照相机般锐利——总共二十四只眼睛悬在肉柄上。

然而，你还需要一个大脑。但或许那是不可能的。或许，立方水母没有大脑，其实就是因为它有如此强大的视力。可能没有造物能承受如此全面的视觉，无论动物还是先知。过分敏锐或过分敏感都足以带来不安。也许同时做到这点会让你的大脑很快融化，让透明的你一动不动地悬于这世间。

你将要起飞

有一次,我和一个朋友跟着一只飞蛾,看它吃力地爬过整个杂货店停车场。那时已是晚上——这对跋涉的飞蛾来说并不安全,这时候的人们通常很累,不太会停下车等它。我对它说:"飞蛾,你为什么不飞呢?为什么浪费你的翅膀?"但我的朋友比我更擅长接受长着翅膀却走路的生物,觉得它可能是在怀念自己的毛毛虫时期。我们认为:毛毛虫阶段先于飞蛾阶段是件好事,比反过来要好。如果飞蛾愿意,它们可以在停车场一边缓缓穿行,一边慢慢怀旧;毛毛虫却永远无法享受飞往墨西哥的怀旧长途旅行。

"毛毛虫,你将要起飞,"每个人都对毛毛虫这么说,"你将会变身!"人们把毛毛虫看作飞蛾或蝴蝶的原型,迫不及待地想让它们变得更特别。这当然是可以理解的：当单调乏味如含片一样的东西变得宛如天使，所有属于含片时期的事情似乎都只是准备工作。不过想想含片会有多紧张！谁能承受这种强烈又迫切的兴奋带来的压力？然而毛毛虫能够保持冷静，吃着它们的烟草和乳草，在灿烂的未来面前沉着镇定，令人称羡。

可它们还是会不安——如果不是因为未来，那便是因为现在的某些事情，因为它们渺小且绵软，会被压碎、吃掉、淹死、冻僵。有一些毛毛虫有脊椎，比如棉斑角蠋蛾；或者有着吓人的毛簇，比如剑纹夜蛾。有一些体内有防冻剂，可以防止血液变成冰凌，但大多数没有。大多数毛毛虫只能一寸一寸地远离危险，即便有着防冻剂或吓人的毛簇。任何不能及时发生在一只毛虫虫身上的危险都不能称为危险，只能算是一根毫毛。

毛毛虫无法奔跑（它们只有六足是真的——剩下的都是假的：仅仅是为了身体后段不被拖拽磨损而生的假肢），它们受到威胁时不得不做点别的。一些毛毛虫让自己变得令人生厌：黑蕊舟蛾的幼虫会从后端伸出两只难闻的粉色触角，到处挥舞；帝王蝶的幼虫也十分难吃。（昆虫学家经常用"难吃"这个词来形容毛毛虫的味道，他们

毛毛虫、马蜂与飞蛾,出自16世纪欧洲古书《了不起的书法古迹》

很少使用比"难吃"或"好吃"更精确的词。我想这是因为他们把评估的决定权交给了鸟类，而它们评估事物往往以二分法为主。）

杜鹃毛毛虫是一种黑白格纹的毛毛虫，有着樱桃红的头部和足部，当它们遭到侵扰时会弓起头部，伸展背部，像一个发夹，然后再弯起它的尾巴呈现S形。说实在的，这样的它与其说是骇人，不如说更像是触电了。黄脖子毛虫也会把自己扭曲成相同的形状，不过它还会振动自己，这就真的会让人联想到电流损伤。

还有很多毛毛虫自卫的方式不是令捕食者心生惧意，而是令它们无视自己。巨大的枫尺蠖看上去像是一根细枝，总督蝶的幼虫则像是一坨鸟屎。这当然比不上长得像一条大蟒那样刺激，但当你体型很小而且没有翅膀时，你的主要生活目标之一就是不要刺激到别人。说到不刺激——我可以肯定，灯蛾毛虫的自卫机制在昆虫中是最低端的一种，即使它们的反应是我最能感同身受的：遇到压力时，灯蛾毛虫会滚成一个球。

除了不被吃之外，毛毛虫的另一个主要目标就是吃了。我们有幸不必与毛毛虫共享一张餐桌，大象可以做证：在博茨瓦纳[1]，可乐豆木虫六周内吃掉的可乐豆树叶比大象一整年吃掉的吨数多十二倍！可是作为这么能吃的生物，毛毛虫还很挑食。可乐豆木虫喜欢吃可乐豆树叶，番泻叶菲粉蝶喜欢吃番泻叶，橙翅小黄粉蝶吃番泻叶和三叶草，卡拉裳夜蛾吃柳树叶，但偏爱黑柳树叶。对地球来说，让毛毛虫满足不是一项轻而易举的事业。

我最近看了一个真人秀的最后五分钟，节目中很多女士在争抢一位男士，女士们的表现就像是饵料桶里的木蠹蛾幼虫，疯了似的想把对手埋在下面，或者说是不停蜇刺彼此的脑袋，互相啃食腿部的蜘蛛。因为没有看到开头，也不知道这个节目的设定，我猜测赢家应该会得到一笔钱。（还有什么能促使她们参加呢？除非她们是被迫的——可那就不合法了，我心想，拘禁这么多女性，还强迫她们表现得像昆虫一样。）

但是，当看到一位年纪轻轻的女性在盛大的介绍宴会后语无伦次地接受采访，我迷茫了：一点都不唯利是图，她看上去是真心希望坠入爱河。她说道："我们眼神交

---

[1] 博茨瓦纳（Botswana），位于非洲南部的内陆国。

汇的那一刻，我知道我们之间有些特别的东西！我像是胃里有蝴蝶飞舞一样忐忑，我很久没有这样过了。"她还声称："我为蝴蝶而生！"

我猜这位陷入甜蜜痴恋的女孩之后会后悔说出这番宣言，因为这一定会导致全世界成千上万的昆虫学家给她写信："亲爱的蒂菲，我们也是！我们也为蝴蝶而生！"昆虫学家出了名地容易激动，出了名地对真人秀抱有真情实感。不过也可能有一位更谨慎的昆虫学家，也许来自乌克兰，在这段采访播出的时候恰好走进了他小孩的房间，第二天早上直接寄去了一封通情达理的信件：

亲爱的布朗小姐：

昨晚在电视上看过您的节目，也就是您就蝴蝶所发表的动人言论之后，我不得不向您致信并发问：您不知道大多数蝴蝶在长出翅膀后至多只能存活两周吗？不知道它们在此之前会以卵、毛虫、蛹的形式度过数月甚至数年吗？这就是为什么您很久没有那种振翅颤动的感觉了，布朗小姐，蝴蝶的生命周期是漫长的。如果您真的为蝴蝶而生，像您所说的那样，奉献您的胸腔作为蝴蝶的花园，您必须足够耐心，并且别忘了您也为它们的卵而生，为毛毛虫而生（这需要数月的滋养），为蛹而生（这可能要等待数年，它们才能幻化为蝶，以带给您几日颤动的感觉后死去，或迁移）。但恕我直言，布朗小姐，我怀疑您并没有为蝴蝶而生，而是为它们带来的颤动感觉而生。如果确实如此，我能否建议您放生那些蝴蝶，用一些墨西哥跳豆代替呢？

祝好！

奥西普·伊瓦希丘博士[1]

不过，最终人们是否知道，在其生命历程中，蝴蝶分配到的时间那么少，毛毛虫分配到的时间那么长，并不

---

[1] 这肯定是一个好为人师的人。如果你周围有这种老学究，你得注意自己的言辞，除非你想听到一切事物的解释，从狗的大脑到尼安德特人的宗教。——原书注[尼安德特人（Neanderthal），早期智人，生活在数万年以前的欧洲许多地区和地中海沿岸，可能已有语言并信奉某种原始宗教。——译注]

重要。因为他们急于见证"变身"的欲望永远无法影响到毛毛虫。小小的苹果绿毛毛虫爬上一株云兰属植物，在沿着茎干走到叶子的过程中不知怎么地失去了平衡，滑了下来，只能靠着两只带钩针的脚挂在那里。毛毛虫在溪流之上被风吹得摇来晃去，此刻的它不会这样想："呜呼！我将落入这冰水！我将被鱼类吞下！如此一来，我再也不能将自己包裹于蚕丝里，再携着布满粉尘、蓝绿交错的翅膀醒来，凭之远飞，飞到矢车菊的花海，交配繁殖，以野水牛的眼泪为食！我的生活，我的美食，我的攀爬——全都失去了意义！"

实际上，毛毛虫是这么想的："我在摇晃，我在摇晃，我在摇晃。"

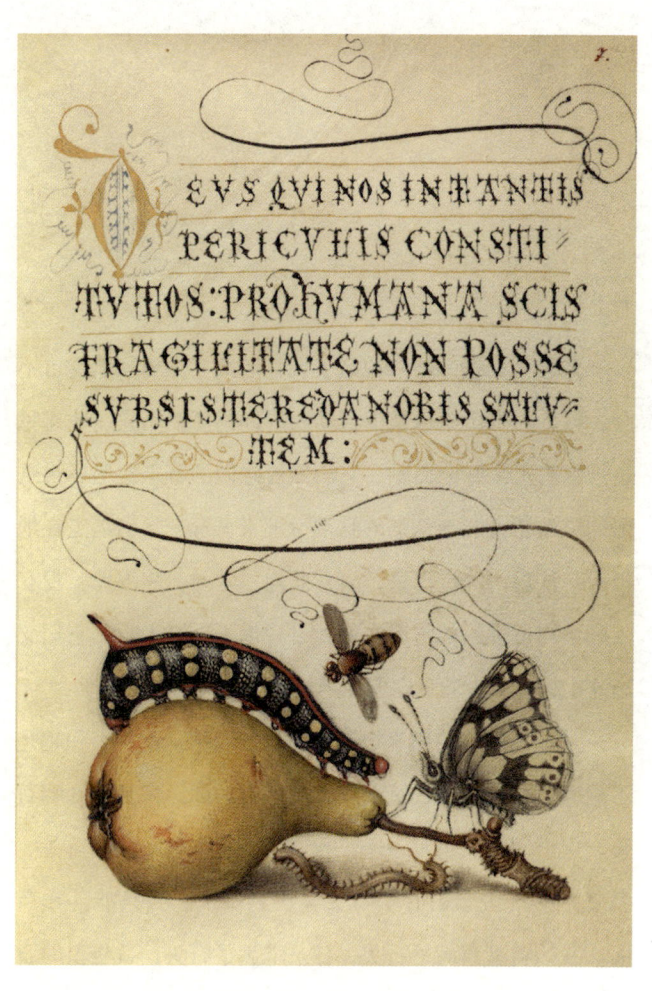

毛毛虫与蝴蝶,出自16世纪欧洲古书《了不起的书法古迹》

上　帝

　　戴胜鸟和蝙蝠不会说这个词。老鹰、秃鹫和黑鹫也不会。鬣狗、野山羊以及夜行动物同样避免使用它。我碰见过排水沟里忙碌的白鼬，它们做着想做的事，但绝不讲这个词。雪貂可能会从谁的膝上滑下来，弯着腰悄悄走在地板上，从后门缝挤出去，离开此地。外面一片漆黑，没有人确切知道逃跑的雪貂在做什么，但不会有人听见它们念出这个词，或者看见它们无声地做出相应的嘴形。

　　人类重复地使用这个词，而且他们越是重复，我越是不能理解它的意思：听着我无法理解的词语像是在吞咽石头。这个词每被重复一遍，我就像要往下多咽一块石头。我坚持不下去了，吞咽石头实在太难了，我只能落在后面。我的嘴里塞满了石头，膝上堆满了石头，口袋里的石头还一直掉出来，石头却一直越来越重，越来越硬。

这个词是指一位无人见过的人物。也许这就是为什么人们一遍又一遍地说出这个词，仿佛重复这个词可以填补所指的空白。他们说，不断地念他的名字能取悦他。他们歌唱，一齐吟诵，在广播里、指示牌上大肆传播。也许这能取悦他。我不知道。这不能取悦我。

有几个晚上我坐在那里，所有这些石头似的词语在我身上堆叠，这压迫太过沉重，以至于让我无所适从，很难对此产生兴趣。我吐出那些石头，任腿上的石堆跌落在地，转身离开，从后门走出去。逃走的雪貂就在那儿。戴胜鸟和蝙蝠也在那里，我聆听它们的声音，然后落入池塘，与黑鳗一起游泳，聆听黑鳗的心声。我聆听长耳大野兔、西貒和沙丘鹤的妙音，它们都在那儿。他也在，那个被过度使用的词所指涉的他。他在那里，因为他的话语在那里。

他的话语不会像石雨一样落在倾听者身上，它们会挥动翅膀飞升，穿越荆棘，或在池塘中阴郁地游动。它们挂在树上睡觉，胃里满是猎食的昆虫，或者高耸于树林，横行霸道，枝繁叶茂。他所说的大部分话语，至少是很多话语，都希望永远不被听见——盲目地在它们的土窝里生根,或是在山顶繁衍生育,被发现后惊慌失措,逃之夭夭。他的话语是不重复的:它们之间唯一的共同点是都很稀奇古怪,并且它们就是它们自己——它们自行活动,穿过排水沟、洞穴、湿地和天空。其中一些如果厌烦了一遍又一遍地听见他的名字,而只想听他说话,便会从后门逃出,比如雪貂,比如我。

字词组成的飞鸟,出自9世纪欧洲古书《阿拉蒂亚》

致动物

> 凡有血肉之活物,每种两只,你须带入方舟,与其共存。
> ——《创世记》第6章第19节

很遗憾,动物们,这次我们不能把你们全都带上了。上一次船上有八人,你们每种动物至少带上了两只,但那是一个感性的年代,上帝也是个感性的家伙,就像街头那个上了年纪的收藏狂,舍不得他的任何一件小玩意儿[1]。每种生物都带两只上方舟,意味着要带一千七百种蝎子、脏兮兮的蟾蜍、暴躁的黄蜂、恶毒的蛇,以及其他数不清的

---

[1] Whimwhams,也叫doodads,指没什么用途的东西:陶瓷青蛙、斑马雕像、水晶孔雀首饰盒;青蛙、斑马、孔雀。——原书注

蝎子与郁金香,出自16世纪欧洲古书《了不起的书法古迹》

多余又荒唐的生物。这一次，我们说了算：我们要制造自己的灾难，设计自己的方舟，制定自己的宾客名单，不会包括所有"有血肉之活物"。

我们回溯第一艘古船，将之命名为幻想；今天，我们乘坐一艘叫作现实的船起航。从现实来说，也从逻辑来讲，生物如此庞杂，试图拯救你们每一个种类太过困难。住宿安排就是个噩梦，因为我们不知道谁会吃了谁，谁又会死于社群压力。我们必须事先为食蜜鸟采集花蜜作为食物，还要为食蚜蝇搜集白芷花瓣。如果小小的蓝色毒蛙打算保持毒性，我们就得带上甲螨虫供它们食用，再带上特殊的落叶供甲螨虫食用。

无论如何，我们的作品和创造物需要空间。你们之中很多种类将被淘汰，因为我们必须优先考虑我们的机器：我们的电视、电脑、冰箱、轿车、货车、飞机，还有可自动调整时区的组合式微波/对流式烤箱。我们还是会带上你们中的一小部分，尤其是长有臀肉和排骨的（请查看存活名单）。但我们不会在招呼丛猴上浪费时间，也不会等蜉蝣漂过来，等几维鸟出现。我们绝对不会干站在那儿，等乌龟搞清楚发生了什么才起航。

如果你们担心自己的基因遗传遭到破坏，或是没有看到自己的名字出现在存活名单上，你们可以考虑收集一些植被做成木筏以自我救援。无法自行组装木筏的动物（鼻涕虫、蝙蝠），或者肢体细长容易踩穿草船的（单峰骆驼、驼鹿），本身食草且健忘、会一点一点啃掉救生筏的（绵羊）：请知悉，种族的灭绝并不一定代表荣光的消逝。你们可以在想象中继续存在，像天使一样——不过也像天使一样，你们可能会被简化。

在想象中得以生存的条件，是要有人真的知道你，知道你嗡嗡声的音高，你颈部的红褐色调，你对聚合草的喜好——要有人观察过你们，比如观察两只被说起话来滔滔不绝的溪流隔开的金蛙，像发出信号一样挥舞着手臂。全新纪已经来临，别像霍加狓那样傻到利用敏锐的听觉侦察并躲避人类，它们妨碍了自己幸存于人心的机会。

即使最博识的想象家也是会失误的船——好似一座冰山，可能漂移，可能融化，可能底部是深深的蓝色。动物们，难道你们不知道没有什么是永恒的吗？全新纪曾是杂烩纪、混乱纪，那时的诺亚方舟只是个缩影：三千万乘客，只有八个人。那是一趟嘈杂、肮脏、危险、奇怪、无序、低效、喧闹的旅行。同行的乘客总是撞倒我们，有时我们倒在地上哈哈大笑。然而，现在我们即将进入效率纪、理智纪、改良纪。[1]我们欢迎你们，动物们，一如我们欢迎未知的全新纪，但是，未来属于我们。

---

[1] 在效率、理智、生产力和预见性方面，我们的发明一直领先于我们。哎，我们多么希望自己也是人造的啊。是什么使我们总是落后，总是一团混乱？是动物妨碍了我们，里里外外。消除这些障碍后，我们肯定会赶上我们的机器，会越来越像它们，越来越完美。——原书注

II

天上的事物

旧日欢愉

每逢周一,弗莱县都会在午时拉响紧急警报,开始一场演习。高音警报持续整整六十秒,接着便是警报解除的信号。之后警报器会在下周一前保持安静,不过它们必须留守在岗位上:如果积雪高达四英寸以上,施行停车管制,警报需要在早上7:15及中午12:15响起。有时遇上雹暴、雷电或强风,警报器还会被用来播报天气预警。

警报器装在六十五英尺高的杆子顶上,县里到处都有,它们还能旋转,声音可覆盖半径达1.86英里的区域。弗莱县应急管理机构配有六十二个紧急警报器,明年计划再增加四个新的,覆盖范围将会更广。每周一的测试说明它们工作状态良好,但是每五年左右就会有一个警报器发生故障,在凌晨4:30活跃地响起反反复复的颤音。很多居民被惊动,打电话到警察局咨询。我需要现在把车挪到街对面吗？是哪片草地起火了吗？警察向他们保证没有任何紧急状况发生，并派人关掉惹麻烦的警报。

除了偶尔有这种小问题，充当通报设备的警报器还是很管用的，它们的传送力惊人，自古以来如此：繁花似锦的安瑟穆莎[1]小岛上，她们需要被听见，需要穿过数英里翻滚的海浪，被远处航行的船只听见。塞壬的歌声可以引得鱼类越出水面，星辰跌落天空，她们唱得响亮、美妙，也令人不安。但从她们的歌唱事业来看，塞壬并不是非常老练的音乐家。精明的歌唱家会稳固地培养自己的听众：如果有十个人来听第一场表演，并且很喜欢，且还能幸存下来，那么下一场表演可能就会有十三个人来，下下场十八个，朋友带着朋友，最终形成忠实不变的乐迷群体。一场表演应当出色且无害，这样观众才能继续活着动员更多观众。

然而本能难以压抑：如果一只猫可以从窗帘杆跳到人的头顶上，那它肯定会这么做的。看着她们的上一批观

---

[1] 安瑟穆莎（Anthemoessa），希腊神话中海妖塞壬的居住地，塞壬一般被认为是女性，会用歌声吸引水手使他们遇难。塞壬即Siren的音译，Siren也有警报器的意思。

众覆盖着沙尘的白骨[1],塞壬发誓下次不再唱得那么吓人了——她们自行排练了细声细气版的"薰衣草的绿,嘀嘟嘀嘟,薰衣草的蓝"[2]。可一旦她们发觉有人驾船驶过,誓言便冰消瓦解:她们渐渐欣喜若狂,歌声变得饱满、深邃、高涨,最终无处不在。她们狂乱无情地唱着,让听者失去控制,把痴心抛入海底。一曲终了,水手都已自沉于水。

有些天赋显然是有益处的,比如侧手翻或是做水果卷饼,但有的才能具有普遍侵略性。听者被掠夺了生命,歌者失去了听众,所有的船只无人掌舵,四处颠簸。数千年过去,似乎没有途径逃出这个歌声与毁灭的怪圈。不过,由塞壬在弗莱县的职责可见,她们已经找到了施展才能的建设性渠道。其中一些最负责的甚至登上了机场安保车顶,跟着车一圈圈行驶以驱散跑道上的黑色小鸟,防止它们撞上飞机。

---

[1] 沙尘白骨先生经历的可不是一场小事故,沙尘不应该跟骨头产生任何交集。某些东西——可能是某种自由的歌声——消解了他的庇护所,他的皮囊。——原书注
[2] 出自英国民谣《薰衣草的蓝》("Lavander's Blue")。

塞壬是否会因为不得不演唱这种极简化的音乐而感到烦恼？她们曾栖居于温暖的沙滩，在绿色棕榈树下品尝着浸润在椰奶中的甜美花瓣——那么坐在木杆顶端的一小块金属平台上，为发出一分钟声音等待七天，对她们来说是不是太无聊了？塞壬会不会向天气之神和大气现象虔心祈祷，希望它们降临龙卷风、暴风，随便什么灾难，只要能有更多的理由歌唱——实际上叛离了她们在应急管理中的功能？

或者，她们有没有意外地发现一批听众，弥补当下工作的单调乏味？当然，人类不会再响应警报器形式的塞壬了，除了挪动车辆或躲进走廊壁橱时。青蛙也不会，虽然青蛙会在听到警报时扑进泥泞的水坑里。反正它们总是这么干，并不是因为受到了什么狂乱的刺激。不过，仍有心灵会因塞壬的歌声激荡，仍有灵魂会在听到应急管理工作者的声音时被迷乱失控的激情笼罩。每周一正午，弗莱县所有的猎兔犬都不太正常，变得又疯又傻，嘶吼出它们自己狂热极端的歌声。它们听上去像是要投海自尽，如果周围不是个院子而是片大海的话。

塞壬过去唱的歌会让人们追随至生命的彼岸。她们像

《塞壬》（*The Sirens*），居斯塔夫·莫罗（Gustave Moreau）绘

雷电一样自由，似龙卷风一样危险，如烈火一样迷人。如今，尽管工作枯燥沉闷，艺术追求受限，地方政府的任职无趣又功利，也许每当周一的太阳初升，天空泛起闪亮的蓝，紧急警报器会闭上眼睛，轻轻叹息，拥抱自己，小声哼唱，来回摇摆，就在那高处，随着旧日的欢愉摇摆，期待午时的演习。每周发声一次，还有接下来的解除信号，这已然足够，只要你所在的区域仍有几颗悸动的心。

游 猎

过去的事情发生时,和现在一样奇特,一样疯狂且混乱。各种各样的事件仿佛失控的河马,不知从什么地方猛冲出来。然而,一旦事情过去了,你便开始管理它们,在笼中锁住那些岁月,分门别类地收集起来,为每件事写下说明标牌。灰泥砌成的栖息地有着人造植物和涂绘出的草原,居民陈列其中,地图上还提示了合理有益的参观顺序。为了确保你的记忆不会进攻或逃走,你把它们放置在深深的壕沟后面、电击笼里、玻璃屏障之内——这样一来,也没有记忆能潜入,因为不是所有记忆都被选进了园内。你开了小吃店,特殊节日还会租用能唱歌的维多利亚风格的人体模型。疯狂如丛林的过去就这么成为一座像模像样的动物园;过去的混乱就这么文明化、正统化,有了追溯的顺序和行道;这里就这么变得安全可靠,畅行无阻，引人入胜，就这么容易找到出口。

但有时候，比如当你信步于牢笼周围，你会发现被拘者不再盯着自己的脚指头，而是转身背向你：毛茸茸灰溜溜的，臀部却是淡紫色，或是脏兮兮黑黢黢的，有着长长的穗状尾巴。或者，它们会开始排便。它们还会在仿制木头的后面，在角落里沿着缩小版的8字形来回踱步。又或许当你出现时，它们连眼睛都不眨一下，就那么躺在灰泥斜坡上，注视着荧光白的网格天花板，而戴帽人偶在一边唱着："叮当，快活似天上！天堂的钟声正敲响！"[1]

然后你就会想，这些展物如此冷静克制，是发自内心的吗？记忆似乎弱化成了无精打采的道具，演示着它们自己的说明板。它们之中的某一些，难道不曾目光如炬地追着你，猛扑到你身上，在你耳边发出低吼，仿佛北欧传说中的狂暴武士？现在怎么会这么压抑麻木呢？是不是因为你那条条框框的管理，因为你想把这些暴徒集结为目的与

---

[1] 出自一首名为"叮当欢乐颂"("Ding Dong Merrily on High")的圣诞歌曲。

因果的证明？是不是因为那些组团游览的午餐会女士[1]？是不是因为叮叮当当的歌声彻底挫败了这些困囚？

你在想，如果你的记忆再次远行，无拘无束，从镇压下解放出来，溜进传记中，重获逗留任意地点的自由，那将会是什么样子。你匆匆拿起万能钥匙，跑过整个动物园，打开所有的笼子，敞开正门。俘虏们被释放，飞奔至绿色的树丛、隐蔽的洞穴，以及空中，如果它们有翅膀的话。之后你也跟着它们离开，任记忆摆布。

游猎初始时，你看不到任何东西。由于强制性展览被取消，你的记忆也退出陈列室，陷入一片雾障和野柿树林。在动物园的时候，它们至少被展现出来了，即使全都昏昏欲睡。不过紧接着你就注意到远处两棵高大的荆棘树正颤动个不停。一棵向前弯曲，仿佛在被啃食，然后有两只柔软的犄角从另一棵树里伸出来，长长的睫毛下黑色的眼睛盯着你。像长颈鹿这样难寻又沉默的记忆可能会，也可能不会在树上伸出它们柔软的长毛绒犄角。如果它们没

---

[1] 就像没有日本武士会不梳顶髻出门，也没有女士会不带动物园通行卡出门。谁知道她会不会被邀请参加一场动物园咖啡馆里的即兴午餐会，只为庆祝这里新引进了一头马来西亚野猪。——原书注

有这么做，那你所知的就仅有悄然摇曳于心的树梢。

只有松软活泼的啮齿动物[1]才能进入你的记忆动物园，现在你却在一截原木下看见了一种棕黄相间的讨厌生物。跟所有老鼠一样，这只老鼠也曾经丰满而有光泽，惹人喜爱。但随着时间的流逝，它变得散漫，长成了恶心又可憎的样子。此刻它正皮毛凌乱地徘徊在原木之下，仿佛抱有一点遗憾，时不时地为了寻找一粒种子而在外蹒跚。可它不会死去，因为老鼠和记忆都不愿死去，即便它们已经面目全非。

看到老鼠之后没一会儿，你便感觉你在养鸡场里游猎似的。你能看见的除了母鸡还是母鸡，青灰色的小母鸡急匆匆地从你身边走过，一群群小母鸡推推搡搡地路过你。母鸡们对你视而不见，跳过一个个地洞。地洞里光溜溜的鼹形鼠一个劲地往土里钻，再也看不见它们，它们脆弱粉嫩的皮肤再也不会接触到无情的阳光和空气。有些记忆就是如此脆弱，只得掩埋自己。许多记忆沉默寡言，或是匆匆路过，还有一些被时间荒废。

---

[1] 如兔子、松鼠、河狸等，下文的老鼠也是。

当你的期待也跟着黯淡时，你穿过闪亮的草原，走过一座山丘，来到一处池塘。鹳、鹭、鹤在那里捕鱼，一看见你，一只瘦削的白鹭就飞走了。这一下惊动了所有的鸟儿，无论是白的、棕的、黑的还是黄的，都飞向空中。它们一只接着一只，排成几圈直飞上天，再悬着双爪落地，接着又成群结队地飞走，优哉游哉。不用牢笼将这些岁月分隔开来，便很难深究下去。因为一旦你吓到了一只白鹭，也就会吓到蓝灰鹭、牛背鹭、黄嘴白鹭、蓝苇鳽、黄池鹭、绒颈鹳、火烈鸟、箆鹭，于是天空变得色彩斑斓。

在这之后，你开始找寻不会变成群体的记忆，独立的记忆，所以你每到一棵欧查状柿子树便停下来观察，想找到从横枝上垂下来的玫瑰纹长尾巴，还有沉甸甸的圆脚爪。但就算你一棵树接着一棵树地深入观察，也没能看见它，没有听到它在睡梦中发出的怒声。你以为这种珍贵又危险的动物总会立刻暴露，可无论你的愿望多强烈，都没能召唤它出现。树间的记忆多么顽劣，而斗室又将它们变得多么迟钝无力！

接下来你要横穿一条溪流，你的靴子一踏进水里，就有四只小小的苔藓绿龟向你游过来，然后隔壁池塘里的另外几百只乌龟也这么做了。它们不会用嘴巴咬你，只是肆无忌惮地爬到你身上，跟你的皮肤卿卿我我，仿佛在说：记住我们，记住乌龟。仿佛想让你把它们全部带走，让你把几百只乌龟抱在怀里。

不是所有被遗忘的事物都会疯狂地向你大献殷勤。即使你正被小乌龟包围，也会看见三个灰蒙蒙的影子一路跑远。它们像岩石一样灰蒙蒙的，有着轻盈的四肢和弯曲的犄角，但你不知道那是什么。你的记忆被释放的时候，它们都没带上说明牌，其中一些越跑越远，远离了你的理解，最后躲在了土豚洞里。

也许有些人的内心像图书馆，而记忆是书本，即便出口开放，记忆还是会好好待在架子上，按字母顺序排列。也许还有些人的记忆像是家具，很有用处：可以坐下来的椅子，可以趴着工作的桌子，以及可以遗赠的骨灰瓮。也许在这么多寻常的记忆中，有些人的心中会有一把无法熄灭的火，每隔几年就愈演愈烈，将一切付之一炬。而你的内心碰巧是那种住着野生动物型记忆的，它们各自游荡：羞怯的长颈鹿、善变的老鼠、乱转的鸟类、吵闹的乌龟，有一些让你烦恼，更多的会从你身旁绕开。

如果想从这些被解放的记忆中存活下来，你要学会了解它们是如何显现的：从泥泞中的断木知晓大象曾经踏足，或者从岩石上的银白痕迹知晓蜗牛曾经跋涉。你要注意观察鳄鱼时保持适当距离，以防被围起来吃掉一条腿。你要反复且敏锐地考量你的记忆，理解它们本性中的一些东西。但你活得越久，记忆也就越多，这意味着理解会永远落后于体验。并且由于记忆会相互影响，每一个新来的都意味着更复杂的互动：有些记忆会友好地叼住彼此的尾巴，有些会让彼此见血，还有一些异常激动地追着其他的跑。

你独自一人走在这狂野又多变的岁月旷地上，跟着巨大的圆形三指脚印穿过灌木丛，直到看见远处站着什么。它长着一只巨型犄角，看上去好像都要向前翻倒了。它就那么一直站着不动：为什么它一动都不动？它像长颈鹿一样为难，还是像老鼠一样衰颓？表面上看它并没有什么不适，不过犀牛的毁灭可能是从皮下开始的，而对老鼠来说，皮毛是问题的前期征兆。之后一阵风吹起，犀牛闻到了你的气味，它像所有闻到气味的犀牛一样顺着犄角的方向跑去——正巧是你所在的方向。所以当你待在双目望远镜后面，给远远看起来古怪却无害的记忆下定论时，它可能会突然冲向你，将你这个记忆主人撕为碎片。

现在你想走了，想一瘸一拐地离开这个地方。没有步枪、没有专家、没有卡车的你，在这些喜怒无常的生物中冒险实在太鲁莽了。但你要怎么离开没有边界的地方？你解放了这一生所有的组成部分，它们各自散开，布满你内心整个区域，在露水间窜动，在泥土中扎根，在池塘里潜伏。这里有哼哼吼叫的会掀翻你、踩踏你，或者用鼻子卷起你的手腕把你吊在空中；有长尖牙的，发疯发狂的，有像山羚羊那样矮小脆弱藏在草丛中的；还有跳来跳去的，睡在灌木丛下的，挤成一团、尾巴缠在一起的。

或许最明智的还是把你的记忆都抓起来，隔离它们。给暴躁的那些，注射镇静剂；驱逐那些奇形怪状的；系统地管理剩下的：比如择机诱哄一头狮子，将其关进轮式笼，再故意把它拉出来在镇上走一圈，给邻居们看看。或许最好是只允许被收押的记忆的影子触摸你，影子通常比它们的主人更安全，例如斧子、冰锥和箭猪。但看到你的记忆被麻木腐蚀，又会开始让你的内心麻木。就连蛛蜂也在它们闷热的玻璃盒子里毫无生气。你怎能不去释放它们？只要能重见那可怕的样子，即使是解放食尸鬼乐园[1]都很吸引人不是吗？丧失活力是最令人目不忍视的，即使是食尸鬼和地狱犬！不管怎么说，解放是不可逆的——疣猪一旦自由，还会乖乖地让你再抓到一次吗？

这时天色已晚。灌木柳背对着夕阳，黄绿色的嫩叶通了电似的耀眼，在微风中轻颤。一群后臀结实圆润、顶着硬挺的莫霍克式鬃毛的斑马从柳树间快跑过来，不耐烦地绕着你转圈。黑白条纹和刺状鬃毛，斑马看起来也像是通了电，为大地传送着脉动的能量。它们围着你跑出沉重的脚步声，在晚霞的初辉下一圈又一圈地跑，用黑黑白白的条纹把你吓得定住。干瘦不安的小马驹也呆住了，又急忙赶上它粗壮结实、砰砰踏行的母亲，然后再一次呆住，疑惑不解。记忆像这样突然跑出来绕着你飞奔，似乎不可思议。这里出现记忆就很不可思议，没有出现也不可思议，时间与空间不可思议地将你与如此闪耀和沉重的事物割裂。此刻你的内心如此彻底地忽视了时间与空间，不可

---

[1] 这所乐园在法国的卢瓦尔-谢尔省。很无聊。被禁止盗墓的食尸鬼婆婆妈妈的。——原书注（应为作者虚构的地点。——译注）

思议。

太阳离开之前,你没再看到岁月的任何片段。看上去是羚羊的东西可能只是蚁丘。你可能会因为视线受阻而有些消极倦怠,但也会有些解脱。可就在太阳落山前的那一刻,光线会变得更强烈,你的记忆会惊醒、吼叫、踩踏、怒号、啼鸣,牙齿更白,羽毛更绿,皮毛更棕,犄角更利,一切变得更加温和,也更加暴力。仿佛时间的薄层消失了,你的所有过去都会重新出现——过去和现在一样新鲜。你的记忆会刺痛、玷污你的眼睛,因为这最后的阳光幻化成了金红色的狮子、长带状尾巴的橙金色飞鸟和湿漉漉的大嘴断牙河马。它们会用爪子包围你,用翎羽划过你的喉咙,用咆哮轰鸣你的耳朵,让你的血液沸腾,以极致的存在感猛冲而来。

然后你那短暂岁月中的某一天,比如一只翠鸟,飞过水面,跃入你不透光的金色心房,那里潜游着你最初的水底记忆。被翠鸟逮到的是一小段早期记忆,本应毫无意义,随处可弃。可当它被拖出水面,叼在鸟喙里摩擦着空气,小巧冰冷的亮银色身体上坠下跟葡萄柚同样颜色的水珠,闪闪发光时,这个被忘记的水下物体会突然变成你的全世界——那段遗失已久的闪亮时光不仅仅意味着年龄、道理或传说。

最后，太阳和它的光芒终于离开了。你会在一百次无声的猛击中感受到黑暗的重量，每一次都比上一次更加沉重。你不再能够捕捉你的岁月。星辰将会现身，但它们只照亮自己。它们无法为你提供足够的光线，让你看见附近仍在潜行、仍在飞翔、仍在暴怒的记忆。有时我们没能从星辰那里得到想要的施舍，便会怪罪它们过于自私。但为什么要这样呢？难道我们宁可没有只照亮自己的自私星辰——宁可岁月在最冷酷的昏暗中逃离我们？难道美丽不是一种慈善事业的表现形式，星辰不是最美丽的火花[1]？难道星辰最终不会给予我们一片天空，让我们在战栗闪烁的白金光辉下弃绝自己的岁月？

---

[1] 星辰像雪花一样转瞬即逝，只不过它们的一瞬被延长了一点。——原书注

阶 梯

很久以前,我透过窗户看到了最高的树顶是什么样子。小小的八边形窗户位置很高,比视平线高上三英尺,所以你可以仰望飞鸟和落雪,却无法俯视草地、冰川或篝火。但我好几天都没看见一只鸟,外面只有一片蓝色。星辰是我的篝火,蓝色是我的轻盈大地。

在窗外看见风的痕迹该有多么美妙——一阵尘卷,或是几团棉白杨的飘絮。星辰在风中却过于坚定。我怀念风与重力的华丽表演,虽然不包括受制于它们。有时候我觉得,想要看到下落的瀑布,我也要下落,像爱丽丝[1]那样。我会背水跳入,转过所有阶梯,只不过我的上升具有下落

---

[1] 刘易斯·卡罗尔(Lewis Carroll)作品《爱丽丝梦游仙境》(*Alice's Adventures in Wonderland*)中的女主角爱丽丝。

的无助性：我是上升的爱丽丝。

重力在这样的高度上不再那么不可抗衡。畏高的人最好记住，如果你爬得足够高，就不会再有坠落的危险。假如我现在做一个燕式跳水，那没什么可激动的——我会跳出一个懒散的弧形，轻松地双手着落，两步就结束。这就像是住在一颗非常小的星球上，它的质量刚好能使所有居民留在地面，但前提是他们愿意。小星球总是友善的，而且是可以抗衡的。

我所在的这颗星球既不友善又不可协商抗衡。事实上，它让我这一生都贴在地面，直到我开始攀爬那些阶梯。我是纤弱无力的水草，黏在一颗巨大的星球上。

所以当我在房子后面的树林里发现那座塔楼，上面有块小小的金色板子写着"上"，我就想："机会来了。"塔楼内，阶梯被深红色的厚地毯覆盖，金色的墙纸上还有象牙白的鸢尾花纹。阶梯扶手的颜色很深，在墙上的油灯照射下闪闪发亮。这里寂静而陈旧，每过几个小时我都会在一张颇有气势的椅子上坐下，它们的椅脚被雕刻成狮掌的形状。起初我每上七八级就会停下，现在我几乎不会为椅子停下了。

不久之后我便能浮至一扇窗口,然后我会眺望那光滑的蓝色土地,还有那光滑的白色云朵,接着我会毫不费力地走完剩下的路,来到梯井的顶端。我会怀念被我踩在脚下的新鲜草地,我会怀念黄蜂的蜇刺,我会怀念那浅绿的螳螂——来回摇摆、犹豫不决,四处张望后才跳到空中飞远。可是,谁……谁……不会怀念这一切?

起航吧,我的小蜜蜂

卫星只要达到某个高度就能一直绕行下去,这对每颗行星来说都是如此。在百万英里的上上下下中,有那么一条狭长的永恒通道。如果卫星能够进入这道沟槽,便永远都不会像砖石建筑那样坍塌,也不会像情绪一样飘远。它会变得不可分割。它会按照行星自转的速度公转,保持在某一个地点的上方,比如巴德兰兹地区[1]、布拉柴维尔[2]或大红斑[3],这样行星既不会拉着卫星加速,也不用使它减速。没有锁定在这个同步轨道的卫星就会被上下

---

[1] 巴德兰兹地区(The badlands),美国南达科他州西南部的一处贫瘠地带。
[2] 布拉柴维尔(Brazzaville),刚果共和国的首都。
[3] 大红斑(Great Red Spot),木星南半球的环流漩涡。

摄动[1]。

关于这一点，法则是很严格的，没有附加条款可言。所有卫星都是法则的忠实拥护者。不过，所有法则拥护者最后都会发现，除非你恰好滚进了由你的质量和行星质量决定的精确路线，不然法则便会驱逐你，把你扔下。在我们的太阳系中，有一颗卫星成功进入了同步轨道，对它的行星许下永恒的诺言——冥王星的卫星卡戎。[2]而剩下的168颗卫星并没有。

火星有两颗小小的卫星，拉丁语名的含义分别是"惊慌"和"恐惧"。[3]火卫一看上去像是一颗经历过一次剧烈冲击以及多次中度震荡的土豆。每隔八小时，火卫一就会在火星周围来一次猛冲，速度是火星自转速度的三倍，这意味着火星需要把它拉回来，让它减速。减速会使卫星的

---

[1] 一个天体绕另一个天体运动时，因受其他天体的吸引或其他因素的影响，其运行轨道会产生偏差。
[2] 卫星卡戎（Charon），跟冥王星一样，卫星卡戎也以罗马神话中的人物命名。卡戎在神话中是冥王的船夫。实际上冥王星已经在2006年被降级为矮行星，同时卡戎也被重新定义为矮行星，两者为双星系统，并非文中所说的行星与卫星的关系。
[3] 两颗小卫星分别为火卫一（phobos）和火卫二（Deimos）。其拉丁文名分别有"惊慌"和"恐惧"之意。

高度降低，最终火卫一要么撞上自己的行星，要么被重力拉开，扔进某次星际碰撞后留下的尘埃环里。火星的另一颗卫星火卫二是颗运行缓慢的外围卫星——很靠外面的外围卫星——总有一天它会变成一颗废弃卫星，在外围的黑暗里哐啷哐啷地转圈，旁边还飘着弃置的宇宙飞船和耗尽的小星体。

所以，高速的卫星要减速，慢速的卫星要加速，行星和卫星间的游戏只在一部分时间里呈现永恒的模样。我们的卫星——月球——在大部分时间里都是一颗慢速卫星。因此它在加速，也在下落，仿佛一个轮盘，每年靠近一英寸半。现在，让我们审视月球吧，因为月球早已在审视我们。

想要了解地球、月球和太阳之间的关系，只需找两个朋友，让比较扭捏的那个充当拥有许多大气的地球，比较强势的那个充当太阳。然后你来当月球，如果你会周期性地发光，有时难以被人察觉，并且内心世界已经逐渐消失的话。接着找一块宽敞的地方，站在离地球三步远的地方，再让太阳走到四百米之外。

想要知道你发出的光多久才能到达地球，只需唱一句歌词,比如"起航吧,我的小蜜蜂"[1],便是月光抵达的时长。地球可以唱一遍同样的歌词回应你,代表地球返照。"起航吧,我的小蜜蜂。"而太阳呢,他需要像阳光那样强有力地唱,就让他唱完整首《我给她蛋糕,我给她啤酒》[2]吧,有八分钟那么长,这也就是阳光抵达地球的时间。地球也可以唱给太阳听,太阳可以唱给月球听,月球再唱给太阳听,只要是同等长度的歌曲。

接下来,每个人继续唱歌,并开始旋转,比较小的两个人再绕着比自己大一点的球体转圈。那么你,月球,就绕着地球转。圆圈不要转得太完美,不要像是拉磨的马或是某种想法。你不是某种想法,你能使地球上的深蓝色水体上下起伏!绕的圈最好是不对称的,仿佛你是双行星中的另一颗。事实上,你和地球都绕着你们全部质量的中心旋转,也就是引力中心。当然,如果你和地球体积一样,那引力中心就会正好位于你们中间,你和地球就会在一种均势的社交状态中生活下去,像是旋转木马上的公鸡和

---

[1] 出自穆迪·沃特斯(Muddy Waters, 1913—1983)的歌曲《蜜蜂》("Honey Bee")。
[2] 歌曲的英文名为"I Gave Her Cakes and I Gave Her Ale"。

猪。然而，由于地球的质量是月球的八十一倍，引力中心距离月球的长度是地球的八十一倍，所以引力中心就在地球内部，即使不是正中心的位置。这意味着地球是绕着自身内部的某一点旋转的。地球是一个自转体，微微地向着猛冲而来的月球点头示意。

但地球看上去并不像有月球的八十一倍那么大——事实上它只有月球的四倍那么宽。为了解决这个感知上的难题，要先暂停我们的月球角色扮演，寻求哲学上的帮助。让我们查找哲学术语索引，选出一个叫作内省论的，也就是认为真理需要通过内省而获得的理论。要想明白为什么地球的角色如此重要，月球如此谄媚，我们不应丈量尺码，而应思考内在的区别。地球并非硕大无比，月球也不是微不足道的，但地球有核心，月球没有。或者更确切地说，如果月球有核心，它会小到观察不到，呆滞地一动不动，好像一只冻僵的老鼠。

我们如何知道月球有没有老鼠核心呢？有谁真的是月球内省论者？这就需要我们创造一种新的哲学思想，并将之命名为想象外省论：我们通过观察外部来想象内部。面容通常会暴露内心的秘密，空旷的表面也许显示了空虚的中心（虽然短吻鳄的蛋不符合这种情况）。月球的脸上全是石头，而地球的面容仿佛一出嘻嘻哈哈的滑稽表演——这里是成群的孔雀在尖叫，那里又是倾盆大雨，到处都是小树枝的欢声笑语。这样的表演之所以成为可能，是因为地球内部核心的镍密度使得这颗行星不仅能与月球玩闹，还能抓住微小轻浮的分子。这些活蹦乱跳的分子是地球的天赋所在，它们比卫星更难留存。幻境[1]有磐石般的核心。

作为空虚荒凉、无所事事的代表，日日夜夜地在白垩般的星尘中仰望无法折射光芒的黑暗，看着长着长毛绒、一身蓝的邻居展现出哗啦啦的溪谷、被风扬起的雪尘柱、容易激动的大胡蜂巢、倒退而行的鳍足动物、令人陶醉的花椰菜、成百上千的乌龟、涌过狂喜礁[2]的玫瑰色金鳞鱼：作为各地无用个体的代表，月球的使命就是成为被搓揉风化的残破荒原？它就不能拼凑出像地球那样的天赋吗？

---

[1] 幻境（cloudland），也就是地球，幻想之地。——原书注
[2] 狂喜礁（Rapture Reef），并不是真实存在的地名，只有一首歌曲与之同名。

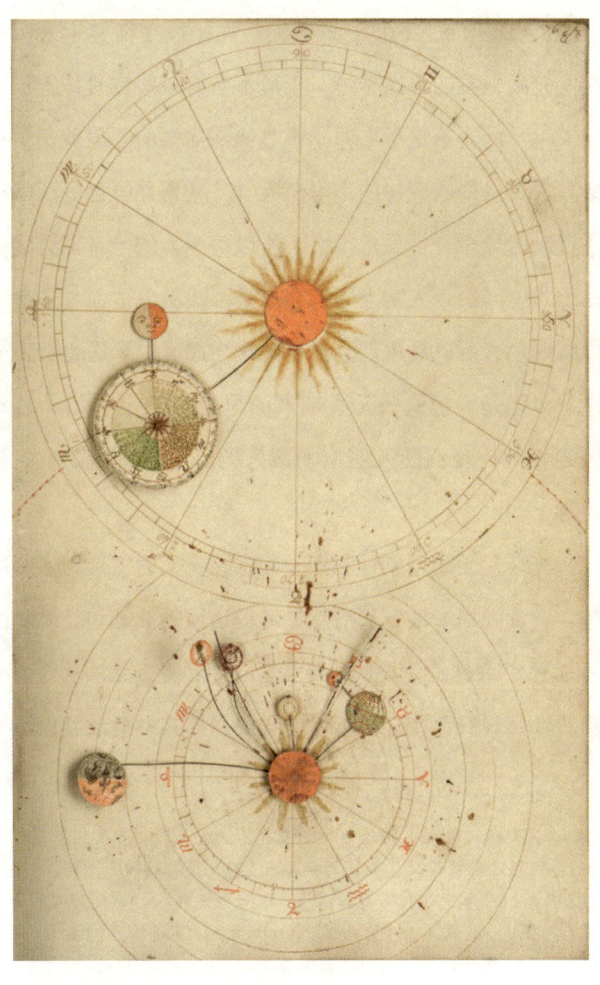

太阳、地球、月亮,出自《佛兰德天文学手稿》(*Flemish astronomical manuscript*,1800)

那么分子的受托人[1]太阳呢？太阳风会在整个太阳系喷发充满颗粒的等离子体，难道不会有一些在月球上积累起来吗？因为不是所有原子都是飘飘摇摇的，氙就很重很慢。它可以构成理想的不可燃大气，颜色是鲜艳的淡紫；还可以传导声音，虽然很慢，所以每个人的嗓音都会降低几个八度，每个人听上去都会像是一头海象。氙气还是一种麻醉剂，所以居民们会活得无忧无虑，对牙医也会言听计从。但是，把这些元素带来的风也会带走它们。月球上的大气比我们能发明出的最好的真空装置里的空气还稀薄。

光环是无法用别针和夹子固定在头上的。聚集了刺尾鸟、紫背闪羽蜂鸟、灰嘴慧星蜂鸟、绒额歌雀和长尾鼬的马拉尼翁[2]森林是无法从外部掌管的。壮观是无法从外部掌管的。壮观只会在一种机体上合成，那其中跳动着火热、

---

[1] 太阳以及我们所有人都是分子的受托人，我们掌管着委托给我们的分子，直到它们被移交。与任何受托人类似，我们不拥有资产，我们也无权决定由谁来接收我们的管理物。下一任受托人的脾气可能和赞西佩一样坏。——原书注 [赞西佩（Xanthippe），苏格拉底的妻子，一个尖嘴薄舌的好斗妇人。该词也引申为悍妇、泼妇之意。——译注]
[2] 马拉尼翁（Marañón），秘鲁中部河流，是亚马孙河源头之一。

炽烈、疯马般的心脏，密度无比骇人，魅力无法抵挡，以至于周遭框架已无关紧要。

当然，如果你的心脏过于热诚，你会变成迷人的焚化炉，像太阳那样，壮丽辉煌，却连一艘游船都没有。太阳的壮观，充满暴力且难以征服，外表全是火焰，发声即为爆炸。太阳的声音太大了，像是有一百万枚炸弹同时爆炸，这样一来便听不见那些细微的声响，比如鸟儿涉水，无花果滚落，或者数学家的自言自语。在太阳上，所有个体属性都消失在一大片巨响的黄色中。

没有事物能在月球上发出声响，没有哪种事物有这个能力：大键琴演奏家不能；摔碎的甜菜汤碗不能；以七千八百英里时速重击地面，产生的高热使其如一颗小星星般闪耀的卵石那么大的流星体也不能；砸碎基岩并形成直径两百英里的坑迹，也就是新的环形山，并让月球颤动不已的巨型流星体还是不能——由于没有坚固的核心，月球很容易发生剧烈的颤动，一旦颤动，便会一直颤动。但它的闪耀、破碎、颤动都悄然无声，因为声音像是鸟儿，没有空气就无法前行。

通过观察月球的面部，我们已经推断出它的心脏微小无比，死气沉沉，但这并不是说它的面部没有任何特征，即使是最麻木的面部也有它的特征。月球表面凌乱褶皱，都是沟纹、山脊、坑迹、裂缝，还有黑暗和光明。不过除了一些流星造成的伤痕，月球的外貌特征已经三百万年没有变化，它们都是某种古老力量留下的纪念品。月球也曾由内部向上涌出，由自身的熔化之力伸入火山口，由内里深处的位移打碎外壳。但千万年过去，现在的它表情呆滞不变，像是被制成动物标本的羚羊。月球是从不泪水盈眶的眼睛，从不嘶鸣的水壶。它会遮挡住那朵行星之花。

有这么几种轨道被收入了轨道名录。一种叫作阻断轨道，也就是一只被扔出窗外的饺子所经过的路径，地面即为饺子轨道的阻断者。另一种名为开放轨道，在这种情况下，独立运动的物体被拉向另一个机体，绕过去之后一去不返地飞远，仿佛无法倒退的时间。这仅仅是引力的碰撞，只改变了物体的路线。还有一种轨道上，一块石头疾驰多年，无知无觉地经过贪婪的黑洞和木星那样的巨型气体捉月者[1]之后，偶然靠近了一个小小的机心球体，近到足以感受它的影响力，被拉得更近，围着它转圈，一圈又一圈，再也没有停下，亿万年都是如此。过去的石头属于自己，现在的它宛如弃婴。这种一个绕着另一个的旋转被称作闭合轨道。

事实上，月球的起源是个谜：也许是地球的某一部分掉了下来滑进轨道；也许产生自一次严重的撞击；也许它真的是一个漂流物，在前进的过程中被抓了过来。无论月球的起源是什么，它的结局都会是这样的：十亿年后，地球将月球推远，这让它的体积看起来只有现在的15%；三十亿年后，月球还会越来越小；五十亿年后，太阳变成一个红色巨人，吞噬掉所有的子孙。地球和月球的牵绊不会持久到终结的那一刻。

宇宙的本性——一名疯狂的轮匠——决定了我们就像住在轮子上一样，身旁还有许多同伴轮子和发光轮子。一

---

[1] 不光是月亮——木星还会捕捉鸭子、暗杀小组成员，以及所有飞过去的东西。——原书注（"捉月"指木星合月现象，即木星和月亮正好运行到同一经度上，两者距离达到最近的天象。另外，木星主要由氢组成，被视为气态行星，且质量极大，引力极强，会吸入周围物体。——译注）

天一天，一年一年，都像是轮子，阴影也像轮子般日日夜夜地转过我们，仿佛这么转来转去，事物才能走上正轨。如果你此刻仍站在之前扮演月亮的松软草地上，你可以回头看看你的脚印。太阳是原地旋转的，所以他的路径只是一个点，地球则在太阳周围留下了一个长长的椭圆形，而你的路径弯弯绕绕，曲曲折折，因为你是围着一颗转圈的行星转圈的。你的轨迹跟海鸭的轨迹差不多。滑稽的小海鸭在振荡的海浪中游动，潜进灰绿色的冰冷海水，刮下石头上的帽贝和紫贻贝，再摇摆着回到汹涌的冬日波涛中。而大海自身正被航行中的月球吸引，上下翻滚。

一闪一闪

……要记住我们是宇宙自然的一部分，我们听命于她。

——巴鲁赫·斯宾诺莎[1]

人们一度被要求与斯宾诺莎保持四腕尺以上的距离，因为他的思想具有煽动性，靠近他就像是靠近火焰。斯宾诺莎不得不放弃他的果脯生意，做一些更适合独处的工作。他于1677年逝世，时年44岁，死因是在打磨望远镜片的工作中吸入玻璃粉末而导致肺病恶化。就在同一年，英

---

[1] 巴鲁赫·斯宾诺莎（Baruch Spinoza, 1632—1677），犹太裔荷兰籍哲学家，近代西方哲学领域三大理性主义者之一。引言选自其著作《伦理学》(*Ethics*)。

国的埃德蒙·哈雷[1]首次记录下了海山二星。那是一颗看上去很平常——不太亮，也不太暗——的四等星。四等星的亮度是五等星的2.5倍，五等星的亮度是六等星的2.5倍，以此类推：七等星昏暗到无法用肉眼观测。

很多研究星辰的人是从研究太阳开始的，窗外这颗可靠的黄色星星让你每天早晨从睡梦中爬起，让你所有的室内植物歪向一边生长。但我会建议你从海山二星开始，因为它反复无常，而且可能在一百万年后消失。

1730年，海山二星的亮度达到了二等，1780年退回到四等，1801年又达到二等，1811年再回到四等，接着在1827年达到了一等，之后再次回到二等，然后升至零等，再次变亮，直到在1843年4月达到了负一等。1843年，海山二星的亮度超过了天上所有的星星，除了天狼星（和太阳）。别的星星一闪一闪的，每次闪烁都相差无几。但若海山二星是那首歌里的小星星，你就要这么唱：

---

[1] 埃德蒙·哈雷（Edmond Halley, 1656—1742），英国天文学家，正确预言了那颗现被称为哈雷的彗星做回归运动的事实。

一闪一闪一闪 **一闪** 一闪一闪 一闪亮晶晶

因为这首歌的节奏力度最好与你歌颂对象的亮度呼应，为反复无常的闪亮唱一首反复无常的歌。

如果我们从日常的星辰开始研究，比如太阳，那么故事将会是这样的：五十亿年前，一团气体和粉尘吸聚着越来越多的气体和粉尘，最终获得了巨大的引力。气体和粉尘被极度压缩，以至于原子开始聚变，发出光和热，使其成为恒星。这颗恒星会闪耀一百亿年，然后变成一个红色巨物或白色侏儒。[1]而你，因为诞生在这一百亿年闪耀期的中间点，便觉得这颗恒星是不朽的。如果你是飞蛾，那这颗星星就是你。可对骚动不安、悸动不已、不断迸发、动摇不定的海山二星来说，这样的假设无法成立。如果你是飞蛾，那海山二星就是奇想联翩的绅士堂吉诃德[2]。

---

[1] 通常认为大约五十亿年后，太阳会膨胀为一个红巨星，并留下被称为白矮星的恒星尸骸。
[2] 堂吉诃德读了太多书而发了疯，因为文学会放大疯狂，也就是放大人性的某一面。如果你读了太多书，激化了你人性的某一面，就算是一只飞蛾也能察觉你的易变。——原书注

如果海山二星是我们的太阳，它会吞没水星、金星、地球，以及地球上不可效仿的雪人们。海山二星有太阳的一百倍那么大，四百万倍那么亮。体型较小也较有节制的星星成了古老坚实的小家伙，而巨型捣蛋鬼则燃烧上大约十亿年，再爆发为超新星，最后消失。把灯关掉，派对结束。

在1843年像超新星那样变亮后，海山二星也像超新星一样黯淡了，1900年至1941年期间降至八等星。仿佛所有人要么倒在地上不省人事，要么已经打道回府。但之后派对又重新开始，到目前为止，海山二星是颗四等星——或者更准确地说，到公元前55世纪为止，因为它距离我们七千五百光年之远。生活在星系中如同生活在这样一种街区：街边的某幢房子可能在四千年前就烧毁了，然而你会在三千年后才知道这件事。

真正的超新星可以通过随之而来的寂灭来标识。真正经历超新星阶段的恒星是不会在一百年内就重现生机的，而是会分裂为原子，回归为尘埃。海山二星只是个冒名超新星。人们都说冒名者是故意骗人的，但很多冒名者也许并没有意识到他们的行为所带来的期望与失望。冒名的圣诞老人从来没有从烟囱里钻出来过,没有赠送过礼物,也没有吃过饼干,他们可能只是喜欢乘坐那飞向半空的雪橇,即便草率使用驯鹿这一点似乎不太合理。

1995年,哈勃望远镜拍下了一张照片,我们疯狂的研究对象看上去在尝试延长自己的寿命,拯救自己:星尘发出的深红光芒包围着蓝白色双瓣——能够反射光线的膨胀气瓣,每一瓣都比我们的太阳系大得多——薄薄一层蓝紫色激光隔开了它们,好似两棵首尾相连的花椰菜被半透明的淡紫色芭蕾舞裙束缚着。这惊人的景象被认为是海山二星和另一颗二级恒星的相互作用,以及它们各自的恒星风所发生的剧烈碰撞。恒星风之间的碰撞类似喷嚏风之间的碰撞,不过更加激烈。白热化的花椰菜形芭蕾舞演员是由粉尘和强光组成的,少了任意一种元素,你便看不到穿着激光短裙的太空植物伴着光芒所跳的华丽舞蹈。粉尘是光线最完美的媒介,光线是粉尘最狂热的居民——还要算上沙漠侏儒仓鼠。

宇宙中的粉尘要有强光照亮,才能被我们看见,这与地球上的粉尘不同。地球粉尘在最微弱的光线下才会显现。它们让绿色不再鲜艳,玻璃不再透明,减损了万物的

海山二星和另一颗二级恒星的相互作用(图片来源:ESA/NASA)

精华。被尘埃覆盖的天使不过像是肿块而已。

粉尘确实为云朵提供了制造雨水的必要材料：雨滴不是凭空出现的，它们需要一点别的东西。但粉尘越多并不意味着雨水越多，而是雨滴会越小。多尘的云雨落下瘦骨嶙峋的雨滴，再带着满满的雨水飘远。粉尘越多意味着雨水越少，雨水越少意味着粉尘越多。日复一日，尘上加尘。过多的尘土会使鸟类飞离，如果某只鸟儿留了下来，它便不得不在带刺的铁丝网上筑巢。过多的尘土意味着野兔猖獗的农场和问题泛滥的番茄。尘暴中的颗粒互相摩擦，产生的静电足以扼杀睡梦中的清新番茄，让它们发黑腐坏。过多的尘土还会如此对待清爽的肺部，夺去你的呼吸。

即使是在多雨的地区，尘土不那么不可抵挡，会屈服于扫帚和抹布，它也总是遭人嫌恶。因为粉尘是无序的，这从美学角度来看是彻底的失败。我们的光线就对微小四散的事物不太友好。我们轻柔安逸的光芒只讨好井然有序、结构清晰的事物，比如配有涡卷性花饰和层叠荷叶边的结婚蛋糕。

只有恒星的极端风暴才能令尘埃白热化。如果我们足够靠近这样一颗恒星，靠近那强烈危险的光线，那么我们的尘埃,如此蹒跚而消极的尘埃,便会光芒四射,而我们会因这样的画面心醉——金色包裹的翠绿碎片,璀璨爆炸的深红闪光,浅绿淡紫的星际幻象,碎裂闪烁的光线港湾。极尽尘埃之能,尘埃之精华。

银河系最大的恒星,海山二星附近的胚胎恒星,由美国国家航空航天局(NASA)斯皮策太空望远镜拍摄。天文学家称,来自海山二星及其同胞的射线和风撕裂了周围的气体云和尘埃,促进了新恒星的形成(图片来源:NASA/JPL-Caltech/N. Smith)

狂野的某某[1]

几个世纪以前,星辰重组[2]为更具时代意义的形态。而地球在工业化、机械化、电气化的时候,星辰仍在每个夜晚重现天鹅、山羊和大熊[3]的模样。世故的人类建议星辰也更新一下自己的主题,摆出打印店或发电机的造型。它们体贴地同意了,天空一度达到了人们的要求,星辰变身为尘世间的种种。可接下来商店取代商店,机械超过机械,天空又落在了后面,到处都是陈旧的古董。

---

[1] 任何未知的东西,比如还未出生的胎儿。有一天,她可能会成为一位狂野的洞窟学家或是狂野的路德会教友,但现在,她是狂野的某某。——原书注(路德会是以马丁·路德的宗教思想为依据的各教会团体之统称,其教义核心为"因信称义"。——译注)
[2] 星辰和人类在发现最新情况后通常都会这么做:重新组织自身。刺猬就是不会重组的那一种,面对最具冲击力的潮流,它们也只会站稳自己的四个脚跟。——原书注
[3] 分别指天鹅座、摩羯座和大熊座。

在那之后，人们说服星辰描绘出指南针和象限仪，剥夺名称，赐予数字，几乎把所有星辰都规制在网格内，直到它们受够了，回到原本的主题：犬、龙、牧夫、大熊。[1] 请注意这一处世之道：有的人可能对你存有一定的信任，但如果步步紧逼，你就会失去对他的全部掌控，他会勃然大怒，变成一头熊。

天空中的熊有时会被误认为长柄勺[2]或明虾，或是政府[3]，而地面上的熊很少如此。天上的熊和地上的熊有这样一些区别：地面上的熊不是夜行动物，没有长长的尾巴，也不会被觅食的山雀尾随，进而每年被煮食一次。（山雀

---

[1] 分别指大犬座、天龙座和牧夫座。

[2] 大熊座的长尾巴也是北斗七星这个星群的斗柄。星群不如星座明显，在星辰图腾的等级中地位较低。随便一只鹅就可以组成星群。星座比星群高级，星群又比星号高级。——原书注 [星群(asterism)与星号(asterisk)的拼写相近。前文的"鹅"可能指狐狸座曾被命名为"狐狸与鹅座"，但后来鹅被"吞吃"掉，只剩下了狐狸，鹅座也被取消。——译注]

[3] 可能指中国古代天文学中的文昌星，位于大熊座中，文昌六星指六个政府部门或官员。

擅长烹煮,但它们通常没有自己的煮锅。)[1]

大大的星星熊后面跟着一头小小的星星熊,大概有秋天出生的熊崽那么大,跖行的脚掌踩来踩去。晚秋是地球上的熊类及其幼崽吃完所有新鲜苹果和蜂蜜的时候,它们可能会遇上一堆发酵的苹果然后全部吞下,最终失去方向。地球上的熊是最容易被迷倒的熊。

天空中的大熊其次。许多大熊里的星星正渐渐离开这头熊:它们属于大熊座移动星群。如果你在天上看到各种各样的红浆果全都朝着一个方向飘移,精确地保持彼此间的位置关系,你可能会猜想它们是在同一片隐形飘移树篱上生长的。有时,在游泳池里会有一支动作同步的游泳队悄悄地四散在恣意戏水的人群中,他们不唱歌,不大笑,也不展示腿部,但都朝着同一方向,具有内在的相似性,即使不完全一致。在他们穿行泳池的时候,某一刻像是已

---

[1] 这里指印第安民族关于大熊座的传说。山雀(chickadee)实际上是追赶大熊的猎人之一,猎人们都以鸟类为名,山雀和他持有的煮锅就是双星系统开阳星和它的辅星开阳增一。每年秋天,山雀和另外两个猎人都会猎杀并烹食大熊,大熊的血液染红了树叶,骸骨悬于冬夜的天空。但原文的chickadee以复数形式出现,且对煮锅信息的表述可能有误。

经融入这庞杂的社会群体中，但仔细观察后你会发现他们互相关联，流向相同，或许是去往滑道的方向。

大熊座移动星群就是这样。表面上归属大熊、长颈鹿、水瓶、兔子、秋收少女[1]的成员们实际上秘密地效忠于大熊座移动星群。跟情同手足的浆果们一样，大熊座移动星群中的星辰在化学成分上是同质的，都含有大量的钇，来自同一片星云。它们正慢慢地飘向人马座，飘移的过程中便离开了大熊、长颈鹿、秋收少女、伯伦尼斯的长发、阿波罗的高脚杯、被蛇环绕的人以及蛇。[2]随着时间逝去，我们发现许多所谓的同一性原来只是一些部件的临时组合，它们对另一个集体才更加忠心。再见了我的高脚杯，再见了我的大熊，认同必须让步于更深的认同。再见了我的长颈鹿，再见了我的少女，地方性联盟让位于苍穹旅行者的联盟。

星辰就像思绪，并不是无法遏制的。弥漫无序的事物可能会，也可能不会联合在一起，太空中的微粒们都觉

---

[1] 分别指鹿豹座、水瓶座、天兔座和室女座。
[2] 分别指后发座[以埃及王后伯伦尼斯（Berenice）的长发命名]、巨爵座、蛇夫座和长蛇座。

得可以避开对方。想象一下躲避一个微生物的引力场是多么容易吧。当结合真的发生时，通常是由外力促成的：一阵密度波、一颗附近的超新星和两个碰撞的星系让微粒旋转、聚集、凝缩为分裂的派系，这些曾经素不相识、来去自如的微粒现在被选派到同一个混乱、强热、高压的行动中——不仅被压到一起，而且被压进彼此内部，之前保持距离的原子发生融合，四个氢原子聚变为一个氦原子。在这样暴力的结合下诞生了宇宙中最不暴力、最微不足道的东西——中微子，以每秒万亿个的速度穿过人体。在对人类来说微不足道的东西中，鸟蛛、金银、山崩、尘团、非难、谣传还有驶过身边的奶酪车可以并列第二，但中微子对以上事物来说都微不足道，甚至包括雏菊。

除了中微子，核聚变的另一个副作用是光。所有物体都会发出辐射，但不是所有辐射都是可见的：星辰辐射出可见的光芒，植物、驴子、睡椅辐射出红外波。（如果你的睡椅发出了可见光，赶紧站起来！）某些太空中的凝聚态永远不会达到能够发出可见光的程度，它们只会不断凝结。星辰只有聚集自身到一定程度才会闪耀，一旦它达到了那个程度，便不得不闪耀了。一旦它开始闪耀，便不得不燃烧自己，以星风吹散自己。有些星球的风势太大，以至于每十万年就会减少相当于一个太阳的质量——照这个速度，如果你重一百磅，两亿亿亿分之一年后你就会失去自我。

天枢星——大熊背上的红色巨人——不是大熊座移动星群的一员。事实上，它甚至是朝相反方向飘移的。但天枢星在这宇宙中并不是孤独的：天枢星有一颗伴星，天枢B。如果你的名字是鲁比，而且想拥有一颗伴星，那就找一个叫鲁比B的人，把她绑在带子上，一圈一圈地摆动她。起初你会觉得你做了全部的工作，但片刻后，鲁比B会开始有所回报，你们两个鲁比将呈现互相悬吊的壮态。

"是"加上"否"等于一个圆圈，"是"是结为一体，"否"是破碎飞散。同一轨道中的两颗星球感受到的就是"是"和"否"的均力，也就是引力和惯性。如果"是"更强大，它们便会撞到一起；如果"否"更强大，它们便会迅速飞离，变成狂野的某某。矛盾是一种引擎，一种运动机械。

有三颗矛盾的行星被观测到正绕着大熊座47——位于大熊后爪之间的一颗星星——转圈，叶夫帕托里亚行星雷达便发出了三条信息。第一条是由青少年创作的用泰勒明电子琴演奏——只需站在它前面挥舞双手——的音乐节目。泰勒明电子琴首场外星演奏会以《我独自旅行》开场，以《卡琳卡-玛琳卡》结束。[1] 当然，音乐有时并不能取悦它的目标受众——像这种不知道从哪里冒出来的音乐，听众很难确定是否应该去欣赏。外星人也许就会忽略这场外星演奏会，那么这个计划就显得毫无意义，发射这些太空音符只是徒劳：在散场之前，泰勒明电子琴首场无人演奏会仍需继续努力。

而在消散之前，事物也仍有机会引起注意。就算外星人不屑于欣赏泰勒明演奏会，或许远在一颗豆科外行星[2]上，一位拥有两英亩田地的豆农会在某个深夜外出寻找他走失的猪，喊着"杜威，快回来杜威！"然后他便听到了

---

[1] 这个音乐节目的名称是真实存在的，曲目共有七首，文中提到的即 E. 莎诗娜（E. Shashina）的作品 "Egress alone I to the Ride" 和俄罗斯民歌 "Kalinka-Malinka"。

[2] 原文为 leguminous exoplanet，"leguminous" 的意思基本上跟 "beany" 一样，指与豆子有关。如果我们要假设外太空有外星生物存在，那么请让我们假设太空也有一些外星豆类，以供他们种植食用。——原书注

一段《卡琳卡-玛琳卡》的旋律，惊讶地抬头看去，看向狂野的某某，难言的喜悦随之而来。歌曲属于听见它的人。

由恒星、行星状星云和遥远星系组成的明亮大熊内部还包含了一头黑暗大熊，由黑洞、尘埃、气体、行星、卫星和矮星组成。黑矮星是凋敝的恒星：消耗掉了所有的氢气、氦气，从原子中剥离所有的电子之后，恒星冷却，荒废，不再可见。不过现在之所以看不见黑矮星，倒不是因为它们的光亮已经熄灭，而是因为黑矮星并不存在。如果太空中有一颗黑矮星，其前身的历史应该比宇宙还要悠久。就像是一间宽敞的旅馆，宇宙拒绝比它自己年龄还大的住户，原因可能是生怕惊动其他客人。黑矮星跟黑暗精灵一样是假设，只不过黑暗精灵没有什么前身罢了。

虽然褐矮星也像黑矮星那样昏暗冰冷，但这不是因为它们也被耗尽了——只有在有东西可消耗的情况下你才会被耗尽。褐矮星一直就是褐矮星，它们从一开始就是昏暗的，越来越暗，仿佛没有成为过桃子的桃核。然而即使是失败的恒星也可能拥有行星，尽管适居性尚不确定。褐矮星能为它的卫星提供稳定性——年轻的火热的恒星会发生爆炸，浪费引力，烤焦追随者，而褐矮星始终稳定迷人。不过即便如此，褐矮星也从来不受欢迎。对于一颗受欢迎的主恒星来说，它必须首先赋予蕨类足够的自信心，让它们能够破土而出。褐矮星行星上的蕨类从来没有破土而出过，松鼠也没能在蕨类下玩耍，更没有一起玩耍的松鼠同伴。

如果可感对于可视来说不是必要的，那么可视对于可感来说也不是必要的。如果鲁比B并不为人所见，我们还是可以通过你异常的摆动来推断出她的存在。褐矮星、超级木星和黑洞虽然不可见，我们还是可以通过由它们导致的可见邻星的异常现象来推断它们的存在。实际上很多异常表现都是由不可见的伴星导致的，不过推断出的存在并不是确定的存在。不是每个摔跤的人都是被隐形袋狸鼠绊倒的。我们的太阳就可能并没有一颗名为涅墨西斯[1]的褐矮星伴星，涅墨西斯也可能不是引发我们这颗行星周期性灾难的元凶。

---

[1] 涅墨西斯（Nemesis），希腊神话中复仇女神的名字，也是一颗存在于假说中的太阳伴星，还被推测为每隔2600万年就会发生一次的地球生物大灭绝事件的元凶。

事实证明，很多正常表现也是由不可见的事物导致的，比如星系不会像投石弹那样将自己的星球掷远这一事实。从表面看，并没有足够的物质能使一个星系凝聚在一起，星球旋转得太快了——外层的星球理应从各种角度被甩出去，就像带子断掉后的你和鲁比B。星系的引力如此稳定，转速如此之快，其中包含的物质一定比我们能看见的多得多——大约多出80%。星系的袖子里都藏着一些南瓜呢。

这一点在较小的范围内也成立吗？除了可见的部分，每个人都在很大程度上不可见吗——像是魔术蘑菇的魔术部分和歌鸟的歌声部分？也许事物可见性和不可见性之间的平衡相当于血液中盐和水的平衡，精密又关键，失衡时也会十分明显：缺乏不可见性的人好比纸娃娃，容易褶皱破裂。其他人则有相反的问题：你看不见他们组装自行车，煮扁豆汤，或是对着烛光织一件绿色羊毛衣；清晨，你从二楼窗户望下去，也看不见他们踏雪而行。

山雀星往东一点的风车星系距我们大概有两千两百万光年那么远，所以我们眼中的它是两千两百万年前的样子：飞速移动的香槟泳池闪闪发光，粉中透黄的泡沫光束发散蔓延，蓝宝石似的星辰游荡其中。太空香槟是很猛烈的——"风车香槟"足以使万亿星辰闪耀起来。如果我们此刻身处风车星系，回望内布拉斯加州，也会见到一番景象——两千两百万年前的马、山胡桃木、鸭是什么样子：马匹矮小不成熟，每只马蹄三个脚趾；山胡桃木只遵从它们自己的内心[1]；鸭子在池塘里与水草嬉戏，希望永远不要被犬熊[2]逮到。

风车星系似乎由愉悦主导。事实上，大多地方似乎都是由某种单一情绪主导的，其他情绪毫无立足之地——比如被自信占领的彗星，或者是耐心控制下失去活力的星际空间。甚至水星都不是真的像水一样善变。可在地球上，欢乐、过失、冷酷却共享同一片土地。当然，它们之中没有谁改变了那原始的贪婪本性。当欣喜支配了一条狗，让它对着墙一遍遍地甩尾巴，就算小狗呜呜直叫，就算它的尾巴断了也不停下，我们才能意识到情绪是多么残忍无情。一种情绪会于一天之内多次在内心建立可怕的统治，

---

[1] 可能指山胡桃木现在常被用来制作手杖和鞭子，且山胡桃木的英文 hickory 可引申为杖责、鞭打之意。
[2] 原文为 ysengrinia，灭绝动物，是犬熊（bear dog）的一种。

风车星系(图片来源:NASA/JPL-Caltech/ESA/STScI/CXC)

但在它杀死我们之前，就会被下一种取代，像这样让出控制权的统治者是不能被称为独裁者的。

也许经过一百三十亿年之后，就连暴君也开始明白专制会毁灭所有感性，明白他们渴望的不仅是疆土，而且是感性的疆土，明白电流会灼烤承载它的电线，明白在冰雪荒原，或是尘土荒原、火焰荒原之上，恐惧和晕眩也没有生长的根基。如果你是沉默，你更愿意居住在伪星球上，还是漂流物上，即使你不得不与温暖共享同一个漂流物？所以它们压抑自身，互相结合，尽可能保持温和，应该说，尽可能成为温和。透亮的绿色蠕虫挂在树枝上，在微风中将自己缠绕，雄鹿则在摩擦犄角上的丝绒。当阳光穿透雨水，一滴一滴清澈金黄。

盖 破[1]

斯黛拉姨妈送给我的羽绒被终于从得克萨斯州抵达,可闻起来有股烤焦的味道,还不停漏毛。车门里的小灯泡在上面烧出了一个小洞。我用创可贴把洞口贴起来,但羽毛还是会逃走,因为羽毛就是想要飞翔的。这五十三年来,斯黛拉一直对羽绒被十分讲究,每天早晨都会把它叠好放进带拉链的塑料袋子,而羽绒被的夙愿却是被烧出一个小洞。"再见了,缝合线,"羽毛说道,"我们要飘走了!"

在失去斯黛拉姨妈那欢腾的羽毛的同时,我准备用沙粒填充古旧的玫瑰色盖被,用双层创可贴补上破洞。我将

---

[1] 原文标题为 Comfortless,意为不适。但 comfortless 字面上是本文所讨论的盖被(comforter)的相反意义,下文中也有关于这一点的文字游戏。故译为盖破。

使用洁净精细的牙买加沙粒。沙粒绝不会飘远，留我独自凄凉。盖着沙粒睡觉肯定很有趣。

如果创可贴在某个夜晚被扯掉，沙粒会找到破洞溢出来。醒来的时候我会满手是沙，沙粒还不停撒落。再见了，缝合线！再见了，双手！沙粒喊道："我要溢出了！"

"无情的破洞！"我大喊道，"这难搞的盖被总是在漏毛漏沙！我还能指望你什么？我麻烦的盖被啊，难道我要不停修补你，不停用新的东西填充你，最后却看着它们飘走溢出？难道我的生活就这么无法确定、不可持续吗？我要叫你盖破！"

气头上的我会跑到商店买上许多巧克力薄荷糖，往我的盖被里塞。"如果你非要破一个洞，"我在毅然塞满它的时候告诉它，"我就把你变成一个巧克力薄荷糖自动售货机好了。当你展现内在时（就像你一直在做的那样），我将好好品尝。"这会是个非常狡猾的计划，是绵羊启发了我，它们也在食用自己的寝具。但这个计划还不够狡猾：不像草地，巧克力薄荷糖是会融化的，会毫不犹豫地用黏稠物包裹一个熟睡的人。

醒来的时候我会变成一个巧克力薄荷糖人，跌跌撞撞地走向门口，一路沾上讨厌的沙粒和羽毛。我会站在草坪上仰望星辰，颤声道："星星啊！我和我的被子处不来！你心态这么平和，我怎么才能做到像你一样？"已经回答过几百万次这个问题的它们会意地看向彼此，然后朝我闪耀："人类，你永远不会像星辰一样。你的东西永远都会飘走、溢出、融化。对你来说，最能接近平和的东西是欢笑。"我同意这一点。我仍会站在那里，只不过此时是一个浑身是沙、羽毛、巧克力薄荷糖的人在草坪上哈哈大笑。

神 使

过去的我们如果在生活中遇到什么难题,可以去拜访端坐于三脚祭台之上的神使,祭台安置在一道地缝上方。[1] 我们将献上蜂蜜蛋糕,向她发问:"今晚我是否应该渡河?""为什么我的心上有云烟笼罩?"或者"我要不要嫁给西里尔呢?"神使会等待大地吐息,在受到潮气的感召后回应道:"誓言像纸一样站不住脚""去找一个山羊爱喝盐水的地方"以及"翅膀啊柳树远啊远去"。她传达的讯息像风铃叮当响的音信那样清晰。

不过我们现在再去拜访三脚台的话,只会看见照相机端坐其上,很难让人联想到神使——照相机是非常缺乏想

---

[1] 指供奉阿波罗的德尔斐(Delphi)圣地,设置在天然地缝上方,从而能够输送出天然气。

象力的思想家，与大多数给我们提供建议的人一样。"你应该明天渡河，因为今晚所有的渡轮都已满员。""你之所以感到压抑，是因为你的维生素B_2摄入不足。""西里尔是个不错的结婚对象。他参与社区事务，而且没有重罪记录。"如此具体的答案，有时候人们会怀念那古老的神灵启示。为什么对话总是需要比经历本身更有条理？

可能你注意到，当你拿下风铃擦拭时，风并没有停止，或是当你放下长笛后，你的呼吸也没有停止。风不需要用风铃来吹奏，人也不需要用长笛来呼吸。神使不是基于自己的想法在说话，而是在传达大地的灵韵。她们是灵媒，是深受感召的中介——中间人已去，或许大地自身便成了权威，我们之间的交流如皮提亚[1]的谶语般晦涩迷离：飞奔而过的青蛙或狐狸；沼泽中的心叶皇冠草；中国灯笼般的酸浆果；铬黄色泡沫虽然长得像炒鸡蛋，但会来回流动，而且与吐司不和。谁还需要握有神力的女祭司呢？

蘑菇尤其具有神性，它们蔑视文化，超越理解。如果你越来越厌倦具象，厌倦过于具体的对话，你可以带着

---

[1] 皮提亚（Pythia），德尔斐宣誓神谕的女神使。

你的疑问拜访森林。浅棕色的蘑菇顶钻出泥土，红头须出现在腐烂的原木上，线膜菌、马勃菌像是迷你演说者的白色海绵讲台，红色橡胶蛋脱掉了它们的包膜，红毛盘菌的橙色表皮长着睫毛，橙黄色的娃娃胶糖是润滑锤舌菌，绿色的发光蘑菇，像是尸体手指的多形炭角菌，被称作女巫黄油的金黄银耳，毛茸茸的毛头鬼伞，能自行溶解的蘑菇——混乱的蘑菇世界。

混乱的蘑菇世界不是一直可见的。大地的精华各式各样，有一些并不显露。松露菌就有在地下活动的习惯：想辨别它们，你需要一只松露犬和一片赤褐色的小树林。其他可见的蘑菇则会带来不可见的后果：古巴光盖伞会诱发幻觉；南瓜灯蘑菇会导致剧痛；毁灭天使菌会领你去往来世；长着黄色肉瘤的红色毒蝇鹅膏菌会让昆虫的生活失去意义；还有杂色云芝，漂亮的粉绿色褶皱从树木间长出，腐坏后者的根心。

有一些树木在长高的时候会舍弃较低的枝条，专注于更高的维度，无谓的高度。被抛弃的底部树枝折断，只留下深长的伤口。在冬季，饥饿的鹿群撕扯下枝条作为食物，冰雪还会压断无法支撑的枝干。但几个小时的暖阳便

蘑菇，出自16世纪欧洲古书《了不起的书法古迹》

能将一棵树从冬眠中唤醒——春日降临的信念比睡眠或理智更加强大。树皮下感到暖意的部分开始膨胀,绿芽生长,之后太阳落山,鲁莽的绿意冻结断裂。杂色云芝就以这些断裂的伤口为食,腐败它们,成群的甲壳虫也会立刻赶来挖掘这片区域。这棵树曾经全都是树,现在这棵树全都是洞。往洞口里倾倒如混凝土般具体的东西[1]可没什么好处。难道你会往自己的伤口里倒混凝土吗?

鹈鹕的使命是滑翔,野草的使命是摇摆,幼蛛的使命是顺着一缕缕蛛丝荡向高空——它们与风就像夫妻那般熟悉。可对于树木来说,它的使命是站立,风只是过客,跟在森林里遛狗的昂普尔比先生差不多。厄运和蘑菇随之而来,时不时地在它的树干上钻孔,为风铺路,长期滞留在外部的东西得以进入内部。现在,树木里全都是空气、熊和田鼠。一棵实心的树木就这么变成了管道、媒介和工具。

---

[1] 在英文中,concrete一词有"具体"和"混凝土"的双重意义,此处有双关作用。

附 录

后记：圆形地球事件

我们每个人都像是一棵生长在牢笼里的树。我和我的邻居们睡在窄门后，蜷在屋檐下，被层层墙壁围住，码放在远离自然的地方，烟雾中的我们无法察觉任何卫星和行星的光芒。一年前，我们在日常生活中所遇见的自然都被存放在容器中，或是伪装成早餐。很多时候，我们觉得自己并不需要自然。有些时候，当雷声响起或地震发生时，我们觉得自己根本不想要自然。还有些时候，我们觉得我们不知道自己需要什么，想要什么。

我们曾经闻言，自然界将要面临一些糟糕的事情，海洋被过度捕捞，天空被污浊充满，但在我居住的城市里，人们并没有那么惊慌：我们看过关于未来的电影，地球在某一天走向了毁灭——人类在水泥房中苟延残喘，精疲力竭地度过最后几个星期——可对我们来说，这些景象看上去并不陌生。我们很难被吓到,因为在此刻的生活中,自然似乎已经远去。

"不管怎么样,圆形地球时期不会持续太久,"我们会这么说,"地球以前是平的,现在是圆的,但总会再次变平的——它会衰退成平平一片,仿佛闷声不响的钟。"

所以,试图把我们安排到因环境而恐慌、视环境为己任甚或对环境不适应的行列毫无意义。我们已经接受了即将失去地球这一行星的事实,它的沉默、空旷、纽芬兰、鲸鱼对我们来说都跟隔壁星系的叹息行星[1]上的事物一样陌生。虚幻,或极度遥远,便是我们眼中的"地球",而它的灭亡会让一些人痛哭流涕。

接受了现实的人们虽然令人愤慨地对这些痛哭声无动于衷,但在某种意义上来说,他们又很容易被打动:当你预想的午餐是蟑螂和花岗岩时,吃上面包就足以让你感到幸福。

我的公寓对面有一幢摇摇欲坠的楼房,市政府终于在

---

[1] 我不知道那里有没有鲸鱼、深绿的树林或是翻滚的海浪。但如果那个世界上有一片草地,上面的野草会在死亡时变得苍白蜷曲,那便一定会有谁喜爱这片草地,即使它只是一只蟋蟀。——原书注

两年前拆毁并搬走了它，留下一片凄凉的废弃地。一年之后，那里建起了一座公园。起初这座公园也很凄凉，处于婴幼儿时期的植物正忍耐着寒冬，我和我的邻居们有好几个月没能看到自然的模样。但春天来临，柔嫩却坚韧的纤细绿指从大地下冒出，在树枝上探头，而我们也注意到了这座公园——尽管只是匆匆路过，因为它有一些部分已经蔓延到我们脚下的小径上。

五月，几只小小的丁香紫蝴蝶试图打破我们路上的沉闷。在我赶公车的路上，是路，除了路，还是路；在我走回家的路上，是路，除了路，还是路；在我又一次赶公车的路上，是路，除了路，还有蝴蝶。蝴蝶，总是头昏眼花地转圈圈，看上去好像发了疯一样。它起劲地一直飞，但几乎不怎么前进，这样的飞行模式诡异又不切实际。蝴蝶不像贺年卡上画的那样轻柔、沉着、谨慎地飘浮在空中。这只蝴蝶似乎尤其疯得厉害。它像某种爬来爬去的短腿动物突然获得了淡紫色的翅膀，却没人告诉它有关飞行训练的事。

有天早上，我看见一只疲惫不堪的小鸟在路边来来回回地跑动，饱受路缘的折磨。这只雏鸟肯定是不小心掉出了巢穴的——它还不会飞，也不会跳，只能往前冲，所以它所有的焦急也只能在水平方向上展现。它从路缘石上跌下，怎么也没办法回到上面。我停下脚步把它救起来——小小的、瘦瘦的、软软的——放它在草地上奔跑。不管人类需不需要自然，自然很明显是需要人类的：我见过有位男士把一只在街道上迷路的棕绿色甲壳虫放回公园；也见过街道上那些没能被放回公园的甲壳虫。他的甲壳虫，我的小鸟，无疑都需要人类。

但是，或许自然需要我们就像人质需要她的劫持者那样：自然需要我们不去毁灭她，不去耗尽她，不去用水泥覆盖她，不去用刀斧砍倒她。所以当我们终于可以满足自然的需求时，也没什么好自得的：我们是伪英雄，制造危险后再去拯救那些受害者——我们从自己手中解救动物和植物。

在同等意义上，人类有时也需要自然：鉴于火焰、毒蛇、风暴都能轻易将我们化为白骨，我们需要它们对我们仁慈一点。可如果这种破坏性是人类与自然彼此需要的唯一理由，那么双方确实都有理由保持谦和，但当其中一方消失，另一方却没有什么理由感到悲痛。然而，自然带给

花下的甲壳虫,出自16世纪欧洲古书《了不起的书法古迹》

我们的启示应该不仅仅是谦和。

每周日早晨,我都会陪着我那坐轮椅的邻居德梅特里奥散步。在公园出现前,我们会观察站在报摊前的人、互相打招呼的人和购买面包的人。现在街对面花团锦簇,我们观赏的便是颜色高涨如红色波涛的花海。德梅特里奥看上去惊呆了,仿佛陷入爱河,宛若一位与花朵陷入爱河的老人。

我们这儿的图书馆里有一幅卡斯帕·大卫·弗里德里希[1]作品的印刷版,《海边的僧侣》。这幅画作的大部分都是天空,北方绚丽冰蓝的天空。一个小小的人站在冰面上,凝望着汹涌的黑色海洋。没有船只前行,也没有船只靠岸。这不是一片可供航行的海面。海水可能会涨潮,卷走那个人;天空可能会狂舞,让他落入水中;冰面可能会碎裂,带着他一起漂远。这个人所处的画面足以吓退并毁灭上万名僧侣,但这幅画的名字不是"逃离海边的僧侣"。虽然画中的人物是背对观者的,我们也能想象到他

---

[1] 卡斯帕·大卫·弗里德里希(Casper David Friedrich, 1774—1840),德国早期浪漫主义风景画家。

并没有站在那儿害怕得尖叫。除了令人恐惧，自然还有另一种力量。

因为实在缺乏人类活动，这幅画在过去总显得古老陈旧，或者是难以理解。不过即使这种比例在我们街区颠倒了过来——自然才是岌岌可危的那一个，安安静静地被无尽的人海包围——但对我们来说，画作的意义还是得到了复兴。因为，当自然被种植在街道对面，我们便被欲望紧紧缠绕：我们无法舍弃蝴蝶，回到毫无停顿的道路。我们无法继续克制自己，因为地球仍旧是圆的，钟声仍旧敲响。

致　谢

感谢卡尔·威尔科克斯、苏珊·卢哈佛和戴维·汉密尔顿的精心指导。感谢凯利·蕾莉、米娅·努斯鲍姆、艾丽卡·布里格、柯尔斯顿·吉尔布托斯基、玛拉·内瑟利、希尔·麦克奈特、麦琪·麦克奈特、艾丽西亚·霍姆斯、基尼·维哈德与我探讨阅读和写作，令我深受启发。感谢布丽吉德·休斯给我布置的各种写作任务，它们充满了想象力。感谢尤拉·毕斯和肖恩·霍普金森作为这些文章的读者，一直以来给予的善意和建议。

感谢罗娜·贾菲基金会和怀廷基金会的慷慨赠予。感谢蓝山中心和让泰尔基金会，让我在山林中度过那夏日时光。

感谢奥·金为我的文章所做的出色工作，也感谢帕特里克·托马斯，是他让这本书来到这个世界上。感谢麦克·聂保尔、提姆·班尼特、杰·班尼特、瑞克·富兰克林以及戴夫·托马斯,他们为我的文字谱曲,还有奈特·克里斯托弗森,赋予我文字生命。

即使它们不会看这本书,或者其他任何一本书,我还是想要感谢我的动物伙伴们,尤其是安娜贝尔和宾斯坦,是它们让我感受到了生命的热烈。

感谢凯丽·弗莱、乔迪·赫克特曼和阿维娅·库什纳与我之间的深厚友谊,感谢李翊云为我展现如何跃入深水。

真心感谢我的父母本吉和莎朗,感谢他们无尽的爱;感谢我的兄弟小本吉想到了有关大熊座的好主意;感谢黛、乔纳森和朱蒂、洛丽和马克、詹妮弗、奥黛丽、罗娜和瑞克,还有我亲爱的祖父母,杰克、弗朗西斯·哈德维克和海伦·里奇——感谢我所有的家人,他们拥有巨大的快乐能量。

最后谢谢马修,让我走近你的心。

图书在版编目(CIP)数据

世间万物：与植物、星辰、动物的相遇 / （美）艾米·里奇（Amy Leach）著；徐楠译. — 南京：南京大学出版社，2019.2（2022.8重印）

书名原文：Things That Are
ISBN 978-7-305-21341-0

Ⅰ. ①世… Ⅱ. ①艾… ②徐… Ⅲ. ①随笔－作品集－美国－现代 Ⅳ. ①I712.65

中国版本图书馆CIP数据核字(2018)第272894号

THINGS THAT ARE
Copyright © 2012, Amy Leach
All rights reserved

江苏省版权局著作权合同登记图字：10-2017-507号

出版发行	南京大学出版社
社　　址	南京市汉口路22号　邮编 210093
出版人	金鑫荣
书　　名	世间万物：与植物、星辰、动物的相遇
作　　者	（美）艾米·里奇
译　　者	徐楠
责任编辑	章昕颖　陈蕴敏
照　　排	南京紫藤制版印务中心
印　　刷	南京爱德印刷有限公司
开　　本	787×1092　1/32　印张 7.125　字数 120千
版　　次	2019年2月第1版　2022年8月第5次印刷
ISBN	978-7-305-21341-0
定　　价	58.00元
网　　址	http://www.njupco.com
官方微博	http://weibo.com/njupco
官方微信	njupress
销售热线	(025)83594756

＊ 版权所有，侵权必究
＊ 凡购买南大版图书，如有印装质量问题，请与所购图书销售部门联系调换